A MULHER SEM PECADO

NELSON RODRIGUES

A MULHER SEM PECADO

Drama em três atos
1942

6ª edição
Posfácio: Eric Nepomuceno

Editora
Nova
Fronteira

© *Copyright* 1942 by Espólio de Nelson Falcão Rodrigues.

Direitos de edição da obra em língua portuguesa no Brasil adquiridos pela EDITORA NOVA FRONTEIRA PARTICIPAÇÕES S.A. Todos os direitos reservados. Nenhuma parte desta obra pode ser apropriada e estocada em sistema de banco de dados ou processo similar, em qualquer forma ou meio, seja eletrônico, de fotocópia, gravação etc., sem a permissão do detentor do copirraite.

EDITORA NOVA FRONTEIRA PARTICIPAÇÕES S.A.
Rua Candelária, 60 — 7º andar — Centro — 20091-020
Rio de Janeiro — RJ — Brasil
Tel.: (21) 3882-8200

DADOS INTERNACIONAIS DE CATALOGAÇÃO NA PUBLICAÇÃO (CIP)

R696m
    Rodrigues, Nelson
        A mulher sem pecado: drama em três atos: peça psicológica / Nelson Rodrigues. – 6.ed. – Rio de Janeiro: Nova Fronteira, 2022.
    144 p.

    ISBN 978-65-5640-338-0

    1. Literatura brasileira. I. Título.

                                          CDD: B869
                                          CDU: 821.134.3(81)

André Queiroz – CRB-4/2242

SUMÁRIO

Programa de estreia da peça 7
Personagens 8
Primeiro ato 11
Segundo ato 55
Terceiro ato 99

Posfácio 131
Sobre o autor 137

Programa de estreia de A MULHER SEM PECADO, apresentada no Teatro Carlos Gomes, Rio de Janeiro, em 9 de dezembro de 1942.

A MULHER SEM PECADO

Original de Nelson Rodrigues
em três atos e três quadros

Distribuição por ordem de aparecimento:

HOMEM MANCO	Gim Mamoré
D. ANINHA	Isabel Câmara
OLEGÁRIO	Teixeira Pinto
INÉZIA	Leila Lys
UMBERTO	Rodolfo Mayer
LÍDIA	Amélia de Oliveira
JOEL	Brandão Filho
GOMIDE	Arnaldo Coutinho
1ª MULHER	Guiomar Santos
EVARISTO	Elias Celeste
ÉPOCA	atualidade

Ensaiada e encenada pelo ator *Rodolfo Mayer*
Cenários de *José Gonçalves dos Santos*

PERSONAGENS

OLEGÁRIO
(paralítico e marido de Lídia)

INÉZIA
(criada)

D. ANINHA
(doida pacífica, mãe de Olegário)

UMBERTO
(chofer)

VOZ INTERIOR
(Olegário)

LÍDIA
(esposa de Olegário)

JOEL
(empregado de Olegário)

MAURÍCIO
(irmão de criação de Lídia)

D. MÁRCIA
(ex-lavadeira e mãe de Lídia)

MENINA
(Lídia aos dez anos) (Em 1945, o autor excluiu a menina quando da representação dirigida por Turkow. Conforme a conveniência, a menina poderá ser suprimida, já que o autor assim o fez na segunda versão, levada em cena no mesmo ano.)

MULHER
(primeira esposa de Olegário, já falecida)
(Assim como a menina, poderá ser suprimida, já que o autor assim o fez na segunda versão.)

PRIMEIRO ATO

(Cenário com um fundo de cortinas cinzentas. Uma escada. Mobiliário escasso e sóbrio. O dr. Olegário — um paralítico recente e grisalho — está na sua cadeira de rodas. Impulsiona a cadeira de um extremo a outro do palco, e vice-versa. Excitação contínua. Num canto da cena, d. Aninha, de preto, sentada numa poltrona, está perpetuamente enrolando um paninho. D. Aninha, mãe do dr. Olegário, é uma doida pacífica. Luz em penumbra. Sentada num degrau da escada, está uma menina de dez anos, com um vestido curto, bem acima do joelho, e sempre com as mãos cruzadas sobre o sexo. Luz vertical sobre a criança. Esta é uma figura que só existe na imaginação doentia do paralítico. No decorrer dos três atos, ela aparece nos grandes momentos de crise.) (A menina atravessa o palco e sai de cena.)

OLEGÁRIO — Inézia! Inézia!
INÉZIA *(a criada, entrando)* — Pronto, doutor.

OLEGÁRIO	*(parando a cadeira no meio do palco)* — Então? O que há?
INÉZIA	— Nada, doutor, nada de novo. Quer dizer...
OLEGÁRIO	*(impaciente)* — Quer dizer o quê? Alguém telefonou para minha mulher?
INÉZIA	— Telefonaram, doutor. A manicura, perguntando se podia vir hoje. D. Lídia disse que hoje não. Marcou para amanhã.
OLEGÁRIO	*(atento)* — Quem mais?
INÉZIA	— A modista. D. Lídia foi lá. Ah, também telefonou uma voz de mulher que eu não conheço.
OLEGÁRIO	*(com o maior interesse)* — Hum! Voz de mulher, mesmo? *(aproxima-se)* Tem certeza que não era voz de homem disfarçada?
INÉZIA	*(hesitante)* — Não. Pelo menos, não parecia. Não, era voz de mulher, sim.
OLEGÁRIO	— Você perguntou quem queria falar com ela?

(Inézia desconcerta-se.)

OLEGÁRIO *(ríspido)* — Eu não lhe disse para perguntar sempre?
INÉZIA *(contrita)* — Disse sim, doutor, mas...
OLEGÁRIO *(interrompendo)* — Mas... quê? Ela recebeu alguma carta?
INÉZIA *(tirando do avental)* — Só um telegrama.
OLEGÁRIO *(curioso)* — Um telegrama. Deixe ver.
INÉZIA *(entregando o telegrama)* — Se d. Lídia souber!...
OLEGÁRIO *(abre o telegrama e o lê com certa ansiedade. Ainda olhos fitos no papel)* — Souber, como? Só se você disser. Você ou Umberto. Mas não caia nessa asneira!
INÉZIA *(com precipitação)* — Deus me livre! Eu não! *(noutro tom)* Mas, às vezes, fico assim...
OLEGÁRIO — Fica assim... *(noutro tom)* Não pago mais a você para fazer essas coisas? Pode ir. Não, espere... Espere um pouco.

(E abstrai-se, relendo o telegrama.)

INÉZIA — Está na hora da comida de d. Aninha.
OLEGÁRIO *(distraído com o telegrama, custa a falar)* — Está? *(noutro tom)* Então dê e... Chame Umberto.
INÉZIA — Sim, senhor.

(Inézia sai.)

OLEGÁRIO *(pensativo, relendo o telegrama)* — Engraçado...
UMBERTO *(entra. É moço, meio sinistro, com uniforme de chofer)* — Me chamou, doutor? Eu já vinha pra cá...
OLEGÁRIO *(embolsando o telegrama)* — O que é que há? A senhora saiu, aonde foi?
UMBERTO *(mascando qualquer coisa)* — Saiu depois do almoço. Mais ou menos umas duas horas. Voltou às cinco horas.
OLEGÁRIO *(irritado)* — Que diabo é isso que você está mastigando? Que mania!
UMBERTO *(parando de mastigar)* — Nada. Um palito de fósforo.
OLEGÁRIO — E você viu o quê? *(com*

	desconfiança) Eu acho que você me esconde as coisas! Eu pago para obter informações! *(noutro tom)* Ela foi aonde?
UMBERTO	— À modista.
OLEGÁRIO	— À modista. Qual?
UMBERTO	— Aquela francesa. Aquela!
OLEGÁRIO	— Sim, sim, sei. Continue.
UMBERTO	— Demorou lá...
OLEGÁRIO	*(em movimento)* — Quanto tempo?
UMBERTO	— Quase uma hora.
OLEGÁRIO	*(parando a cadeira. De costas para Umberto)* — Uma hora?
UMBERTO	— Sim, senhor.
OLEGÁRIO	— E depois?
UMBERTO	— Depois foi à Confeitaria Colombo. Lá demorou mais ou menos uma hora e meia.
OLEGÁRIO	*(surpreso)* — Uma hora e meia na Colombo! *(noutro tom)* Sentou-se sozinha?
UMBERTO	— Não. Encontrou lá três moças. Duas vêm aqui: d. Bárbara e d. Sandra. A outra não conheço.

(Entra Inézia.)

INÉZIA	— Vou dar comida à d. Aninha. Na última vez ela não quis.
OLEGÁRIO	— O quê? Não quis? *(impaciente)* Ah, bom, bom! Insista, que diabo!

(Inézia vai dar comida à d. Aninha. Olegário acompanha com os olhos a menina que passa. Umberto olha, displicente, um detalhe qualquer do mobiliário.)

OLEGÁRIO	— Então, como foi? Sentou-se com d. Bárbara e d. Sandra.
UMBERTO	*(displicente)* — É só?
OLEGÁRIO	*(ríspido)* — Que só, o quê? O que é que houve na Colombo? Quero saber tudo!
UMBERTO	— Eu fiz como o senhor disse: fiquei vendo se ela olhava para fora.
OLEGÁRIO	*(com atenção concentrada)* — E então?
UMBERTO	*(com certa intenção)* — Bem, de vez em quando ela olhava para fora.

(A menina sobe a escada e desaparece. Maquinalmente, Olegário impulsiona um pouco a cadeira de rodas. Para, ficando de costas para Umberto.)

OLEGÁRIO — D. Lídia estava olhando para alguém, para alguém... "particularmente"? Olhar sem querer, por acaso, ela podia olhar. Mas eu quero saber é — se olhava para alguém com insistência.

UMBERTO *(depois de um silêncio, em voz baixa)* — Na calçada estava aquele sujeito coxo.

OLEGÁRIO *(virando a cadeira para Umberto com espanto)* — Que sujeito coxo é esse?

UMBERTO — É um que sempre está na calçada quando d. Lídia vai à Colombo.

OLEGÁRIO *(ainda espantado)* — E é coxo? Você nunca me falou dele! Mas que espécie de sujeito?

UMBERTO — Anda mancando. Tem uma perna mais curta do que a outra.

OLEGÁRIO *(apreensivo)* — D. Lídia olha para ele?

UMBERTO *(sintético)* — Não.

OLEGÁRIO *(noutro tom, com certo alívio)* — Ele olha para d. Lídia?

UMBERTO — Não.

OLEGÁRIO *(espantado)* — Então o que é que tem de notável esse camarada?

UMBERTO *(confidencial)* — Eu acho que ele não regula bem. Fica andando de um lado para outro, o tempo todo, e não sai disso. Mancando.

OLEGÁRIO *(ríspido)* — Que é que eu tenho com isso? Tenho alguma coisa?

UMBERTO — Falei nele por falar. Me lembrei dele.

(Olegário olha Umberto demoradamente. Pausa incômoda. Umberto desvia o olhar.)

OLEGÁRIO *(incisivo)* — Você quer saber de uma coisa? Não, nada. *(noutro tom)* Quer dizer que d. Lídia não olhou para ninguém — particularmente?

UMBERTO — Não, não olhou para ninguém — particularmente. Quer dizer...

OLEGÁRIO *(curioso)* — Quer dizer o quê? Continue! Pode falar!

UMBERTO *(com intenção)* — Ela estava olhando de vez em quando...

OLEGÁRIO — Para quem? Diga!

UMBERTO *(com descaramento)* — Para mim.

OLEGÁRIO *(espantado)* — Para você? *(noutro tom)* Para você, hem?!

UMBERTO *(cínico)* — Para mim.

OLEGÁRIO *(olhando para Umberto)* — Para você... E quando saiu... *(interrompe-se)* Mas espere um pouco... *(em tom especial)* Você disse que d. Lídia olhou para você?

INÉZIA *(nervosa, voltando com o prato)* — Doutor, outra vez ela não quer comer!

OLEGÁRIO *(com irritação)* — Não quer!... Você precisa ter paciência — que diabo!

INÉZIA *(nervosa)* — Eu tenho, doutor, eu tenho! Mas se ela não quer?

OLEGÁRIO *(saturado)* — Então espere um pouco e depois veja se ela come!

INÉZIA *(com resignação)* — Vou esperar, doutor. *(num lamento)* Mais do que eu faço!...

(Inézia volta para junto de d. Aninha.)

OLEGÁRIO *(impaciente)* — Até perdi o fio da história! *(lembrando-se)* Então d. Lídia olhou para o senhor? Você está querendo insinuar alguma coisa, seu...

UMBERTO *(escandalizado)* — Nada, doutor! Que o quê!
OLEGÁRIO — Tome cuidado! Você não me conhece!...
UMBERTO *(ressentido)* — Eu sei-me colocar no meu lugar, doutor. Conheço a minha posição.
OLEGÁRIO — Venha cá. Olhe bem para mim!

(Pausa. Os dois se olham.)

UMBERTO *(com desplante)* — Estou olhando.
OLEGÁRIO *(encarando Umberto)* — Ainda agora você me falou, sem quê nem pra quê, no homem coxo. Você está-me querendo fazer de idiota?
UMBERTO *(firma o olhar)* — Não. Me lembrei porque... *(baixando a voz)* As pessoas coxas me impressionam muito!
OLEGÁRIO *(irritado)* — Você para ou não para de mascar essa porcaria? Tire isso da boca!
UMBERTO *(parando e olhando para o teto)* — Eu estava distraído!
OLEGÁRIO *(com suspeita)* — Estou começando a desconfiar que você não é

	chofer. E quando cismo uma coisa, dificilmente erro!
UMBERTO	*(entre misterioso e sardônico)* — O senhor acha então que eu não sou... chofer? *(noutro tom)* Quer ver a minha carteira profissional?
OLEGÁRIO	*(insistente)* — Você não tem cara de chofer!...

(Aproxima-se Inézia, nervosa, com o prato.)

INÉZIA	— Não adianta, doutor! Ela não quer outra vez!
OLEGÁRIO	*(com irritação)* — Se ela não quer, o que é que eu vou fazer? *(saturado)* Não precisa tentar mais. Depois eu falo com minha mulher.

(Inézia sai.)

OLEGÁRIO	*(irritado)* — Essa "zinha" não serve nem para dar comida à minha mãe! *(noutro tom, voltando-se para Umberto)* Olhe aqui, Umberto: se você arranjar uma coisa positiva — uma carta,

por exemplo — eu dou a você cinco mil cruzeiros. Sem discutir.

UMBERTO — Fique descansado, dr. Olegário. Não era preciso dinheiro... Mesmo sem dinheiro...

OLEGÁRIO *(impaciente)* — Eu sei, eu sei... Mas dou um conto de réis. Está ouvindo?

UMBERTO — Está bem, dr. Olegário. É só?

OLEGÁRIO — É só. Pode ir. Não, espere. Na Colombo, minha mulher não encontrou nenhum conhecido — conhecido homem?

UMBERTO — Não. Não vi cumprimentar nenhum homem.

OLEGÁRIO — Tem reparado se olham muito para minha mulher na rua?

UMBERTO *(hesitante)* — O senhor sabe como é.

OLEGÁRIO *(noutro tom)* — Então o tal coxo é velho?

UMBERTO — É, doutor.

OLEGÁRIO — Está bem, pode ir.

(Umberto sai.)

OLEGÁRIO *(sozinho, impulsionando a cadeira)* — Tem descaramento esse malandro...

(Mudança de luz.)

VOZ INTERIOR *(microfone)* — E eu falando sozinho! Será isso um sintoma de loucura?

OLEGÁRIO — Homem manco.

VOZ INTERIOR *(microfone)* — Não pode ser! Um louco não pergunta a si mesmo: serei um louco?

OLEGÁRIO — Mas será que esse imbecil pensa que Lídia quer alguma coisa com ele?

VOZ INTERIOR *(microfone)* — Muitas mulheres achariam bonito amar um chofer.

OLEGÁRIO — Ah!

VOZ INTERIOR *(microfone)* — Eu devo estar doente da imaginação, para admitir isso.

VOZ INTERIOR *(microfone)* — Lá vem ela outra vez. Não me larga.

(Refere-se à menina, que volta debaixo do foco luminoso. Inézia desce a escada. Volta a luz normal.)

OLEGÁRIO — Inézia! *(Inézia se aproxima)* Não apareceu nenhum homem me procurando?
INÉZIA — Não, doutor.
OLEGÁRIO — Estou esperando um camarada. Quando ele chegar, mande entrar. E veja se arranja alguma informação útil. Você e Umberto são dois fracassos! Pago a vocês e quando acaba não sei de nada, continuo na mesma. Vocês precisam dar um jeito nisso.
INÉZIA *(justificando-se)* — Mas é que não tem havido nada, doutor! Se houvesse, a gente diria!
OLEGÁRIO *(sardônico)* — "Não tem havido nada!" Sei lá se não tem havido nada? *(saturado)* Está bem, está bem!

(Inézia sai. Entra Lídia. Lindo tipo de mulher. Muito jovem e vestida com gosto.)

LÍDIA — D. Aninha não quis a comida, meu filho? Inézia me disse!
OLEGÁRIO *(com mau humor)* — É. Não quis. Não quis agora, nem antes. Você precisa dar um jeito nisso.

LÍDIA   *(admirada)* — Eu? Mas que jeito você quer que eu dê?

OLEGÁRIO   *(de mau humor)* — Que jeito, ora!... Você podia interessar-se mais — que diabo! Mas não. Larga tudo na mão da criada.

LÍDIA   *(magoada)* — "Larga tudo na mão da criada", não! Eu não posso fazer mais do que faço.

OLEGÁRIO   *(irônico)* — Ah, não pode!... Está bem. *(noutro tom)* O que eu acho é que você, enfim, devia-se lembrar que ela é minha mãe!

LÍDIA   *(com veemência)* — Você pensa então que se ela não fosse sua mãe eu estaria sempre em cima? *(noutro tom, suplicante)* Eu já disse a você, não disse, que às vezes não posso, fico nervosa? *(com angústia)* Ah, Olegário! Tratar uma pessoa que não compreende, que passa todo tempo enrolando um paninho... *(exasperação)* Aquele pano que ela enrola, aquele pano!...

OLEGÁRIO   *(sardônico)* — Acho engraçado você. "Fico nervosa." *(outro tom)* Está bem. Um dia você vai ver minha mãe morrer, aí, de inanição! Não come!

LÍDIA *(com angústia)* — Pelo menos, Olegário, pelo menos diga o que quer que eu faça. Sua mãe não quer comer: o que eu devo fazer? Diga!

OLEGÁRIO *(depois de uma pausa)* — Está bem. Vamos esperar então. Daqui a pouco você tenta outra vez.

LÍDIA — Bem, meu filho. Vou mudar de roupa.

OLEGÁRIO — Acho graça dessa mania que você tem de me chamar "meu filho"!

LÍDIA *(com um suspiro)* — Há algum mal nisso?!

OLEGÁRIO — Mal, mal, não há. *(outro tom)* Mas eu não gosto. Isso devia bastar!

LÍDIA *(contendo-se)* — Você agora se aborrece com as mínimas coisas! Ah, meu Deus!

OLEGÁRIO *(impaciente)* — Não é se aborrecer! *(sardônico)* Interessante isso. Você não quis ter filhos, e quando acaba cisma de ser maternal comigo!

LÍDIA (*nervosa*) — Parece mentira. Tudo porque eu disse "meu filho". Está bem. Nunca mais chamarei você de meu filho...
OLEGÁRIO — Isso é um vício em você. Outra coisa...
LÍDIA — O quê?
OLEGÁRIO — Você deu para me chamar "meu filho" depois que eu fiquei assim. Foi, sim!
LÍDIA — Que bobagem, Olegário!
OLEGÁRIO — Bobagem, eu sei!

(*Silêncio. Os dois se olham. Olegário impulsiona a cadeira para mais perto de Lídia.*)

LÍDIA — Ah, uma coisa, Olegário. Por que é que você não chama outro médico? Mamãe disse que tem um tão bom!...
OLEGÁRIO — Não interessa. Para que outro médico? Já não tenho um?
LÍDIA — Mas esse que você tem — esse seu amigo — é tão esquisito! Dizem até que bebe!...
OLEGÁRIO (*impaciente*) — "Bebe!" E o que é que tem isso? Pois olhe. Ele é melhor do que muitos que andam

	por aí. E, além disso, minha filha, basta que eu tenha confiança nele. Eu é que sou o doente, não é?
LÍDIA	— Está certo, Olegário, está certo. Mas você podia chamar outro — só pra ver! Não custa!
OLEGÁRIO	*(com exasperação)* — É. Mas não quero! Basta um e eu estou satisfeito com o meu!
LÍDIA	*(resignada)* — Está bem.
OLEGÁRIO	*(sombrio)* — E, além disso, não adianta. Eu sei que nunca ficarei bom. O médico disse.
LÍDIA	— Que não fica bom o quê! Você também é, Olegário!...
OLEGÁRIO	*(recordando-se)* — Antes que eu me esqueça: você tem um primo Rodolfo, não tem?
LÍDIA	— Tenho sim. Ele até assistiu ao nosso casamento.
OLEGÁRIO	— "Assistiu ao nosso casamento." *(entregando o telegrama)* Ele mandou esse telegrama.
LÍDIA	*(queixosa)* — Você sempre controlando as minhas coisas! Eu não me incomodo. Só acho que você não tem confiança — nenhuma mesmo — em mim.

OLEGÁRIO *(irônico)* — Sei disso. Mas eu quero que você me explique: por que cargas-d'água ele tem que dar satisfações a você?

LÍDIA *(surpresa)* — Satisfações a mim?!

OLEGÁRIO *(incisivo)* — Satisfações a você, sim! "Parto amanhã." O que é que você tem com isso?

LÍDIA *(nervosa)* — Ora, Olegário, ora! *(outro tom)* Sou a única parente que ele tem no Rio! Eu, mamãe, Maurício e você.

OLEGÁRIO *(desabrido)* — Eu, não! Tenha paciência! Não sou parente dos primos de minha mulher.

LÍDIA — Está bem, Olegário, está bem.

OLEGÁRIO *(com irritação)* — E no mínimo esse cavalheiro vai se instalar aqui!

LÍDIA — Já começou você outra vez!

OLEGÁRIO *(incisivo)* — Outra vez, sim! *(patético)* Que posso fazer senão começar sempre?

LÍDIA — Mas que foi que eu fiz, meu Deus? Aponte uma coisa qualquer, ao menos isso. *(enérgica)* Você não tem nada, nada, contra mim. Você não vê que isso até fica feio para você — feio?

OLEGÁRIO *(irritado)* — "Feio"! O que é que é "feio"? Como é imbecil a gente dizer "fica feio"!

LÍDIA *(desafiante)* — Então acuse. Pronto! Acuse! Acuse, mas não me faça sofrer à toa! Você não me acusa porque não pode. Minha vida não tem mistérios. Todo mundo sabe o que eu faço.

OLEGÁRIO — Você me desafia, hem?

LÍDIA *(enérgica)* — Desafio, sim!

OLEGÁRIO *(sardônico)* — Me desafia! Diz "minha vida não tem mistérios"! E eu ando atrás de você o tempo todo? Sei lá pra quem você olha na rua? Estou dentro de você para saber o que você sente, o que você sonha?

LÍDIA *(suspirando, dolorosa)* — Ah, Olegário!

OLEGÁRIO — Você olha para mim com um olhar de mártir! Pois bem. Agora mesmo, neste minuto, você pode estar-se lembrando de um amigo, de um conhecido ou desconhecido. Até de um transeunte. Pode estar desejando uma aventura na vida. A vida da mulher honesta é tão vazia! E eu sei disso! Sei!

LÍDIA — *(nervosa e revoltada)* — Você está louco, Olegário, doido! Então, até isso!

OLEGÁRIO — *(repetindo)* — "Minha vida não tem mistérios"! Que é então o seu passado, senão um mistério?

LÍDIA — *(dolorosa)* — Mas que é que tem meu passado, meu Deus?

OLEGÁRIO — *(sombrio)* — Eu sei lá o que você andou fazendo antes de mim?

LÍDIA — — Antes não importa! Só vale o que eu fiz depois de você!

OLEGÁRIO — *(veemente)* — Está enganada! Afinal de contas, eu me casei também com o passado de minha mulher.

LÍDIA — *(irônica)* — Ah, casou-se? Pois olhe, meu filho...

OLEGÁRIO — *(interrompendo)* — Parou?

LÍDIA — — Você fala no meu passado. Alguma vez já lhe perguntei pelo seu? Já lhe falei na sua primeira mulher?!

OLEGÁRIO — E nem fale! Nunca, ouviu? Eu não quero, não admito!

LÍDIA — Já sei, Olegário, nunca mais falarei.

OLEGÁRIO — Agora vou-lhe fazer uma pergunta à queima-roupa. Você me responde — terá coragem?

LÍDIA — Conforme. Sei lá se essa pergunta... Enfim...

OLEGÁRIO *(enigmático)* — Você...

LÍDIA *(desafiante)* — Ande. Está com medo?

OLEGÁRIO — O que quero dizer é simples até demais. Eu admito que você não fez nada. Que não pecou... ainda.

LÍDIA *(irônica)* — Ainda? Que mais?

OLEGÁRIO *(noutro tom)* — Admitamos que não houve nada — até agora. Mas... e a sua imaginação?

LÍDIA *(espantada)* — O que é que você quer dizer com isso?

OLEGÁRIO — Quero dizer o seguinte: seus atos podem ser puríssimos. Mas seu pensamento nem sempre — seu pensamento, seu sonho. Quem é que vai moralizar o pensamento? O sonho? Você, talvez!

LÍDIA   (*irônica*) — Bonito, bonito. Continue.

OLEGÁRIO   — Está bem, vou continuar. Quando um homem vê uma mulher no meio da rua, beija essa mulher em pensamento, põe nua, viola. Isso tudo num segundo, numa fração de segundo — sei lá! Mas seja como for — a imaginação do homem faz o diabo!

LÍDIA   (*revoltada*) — Que é que tem!...

OLEGÁRIO   — Se um homem é assim — qualquer homem — por que será diferente a mulher? Se eu posso vibrar com uma bela mulher, por que não vibrará você com um belo homem? Mesmo que esse homem seja um transeunte?

LÍDIA   — Quer dizer que eu devo... "vibrar"?!

OLEGÁRIO   (*impaciente*) — Exclamações não adiantam. Não provam nada. Posso continuar?

LÍDIA   (*contendo-se*) — Ah, meu Deus, pode.

OLEGÁRIO   — Esses rapazes de praia que as mulheres veem na rua. Você vai-me convencer que nunca viu um que a impressionasse? Vai? Um rapaz moreno, forte, de costas grandes, assim. *(faz respectivamente o gesto)* Você nunca beijou em pensamento um homem desses? Hem? Beijou, claro! Não tem ninguém — ninguém — tomando conta de sua imaginação!

LÍDIA — Será possível? *(com ironia)* Estou gostando de ver você, tão descritivo, tão minucioso... Um rapaz forte, moreno... *(explodindo)* Você não vê que isso é infame? Não desconfia? Indecente!

OLEGÁRIO *(sardônico)* — Infame. Isso é um adjetivo, um reles adjetivo. Infame, é boa...

LÍDIA — Parece incrível!

OLEGÁRIO *(encarando-a com raiva)* — Eu queria encostar você na parede — ouviu?

LÍDIA *(contendo-se)* — Estou ouvindo...

OLEGÁRIO *(continuando)* — Mas de maneira que você não pudesse fugir. Depois, então, eu faria uma série de perguntas, uma atrás da outra.

LÍDIA — *(amarga)* — Faço ideia que perguntas!

OLEGÁRIO — *(continuando)* — Perguntas concretas, exigindo respostas também concretas. Por exemplo, eu perguntaria... "Você sempre me foi fiel em pensamento?" Você me responderia...

LÍDIA — *(dolorosa)* — Paciência, meu Deus, paciência!...

OLEGÁRIO — *(cruel)* — Responderia: "Não. Já fui infiel em pensamento." Então eu perguntaria: "Mas com quem?" E você: "Com um rapaz", ou então... Ah, é mesmo! "Com Maurício." Está aí: Maurício!...

LÍDIA — — Você não achou exemplo melhor? Logo meu irmão!...

OLEGÁRIO — — Irmão o quê? Irmão de criação não é nada, não é coisa nenhuma! E eu ainda ponho ele aqui dentro, mora aqui, passa o dia todo em casa, não sai! Qualquer dia acabo com isso, você vai ver!

LÍDIA *(sardônica)* — Um marido dizendo essas coisas! Sugerindo! Metendo coisas na cabeça da mulher. Eu acabo, nem sei!

(Inézia entra. Sobe a escada. Olegário acompanha-a com a vista, demonstrando uma irritação doentia.)

OLEGÁRIO — Mas essa mulher não para de descer e subir essa escada! Será possível?

LÍDIA — Ora, Olegário! Ela está fazendo o serviço dela!

OLEGÁRIO — Está bem. *(outro tom)* Você é mulher de um paralítico.

LÍDIA *(numa explosão)* — Você não devia falar tanto na sua paralisia! Isso é quase — quase uma chantagem! Você me lança no rosto, todos os dias, essa paralisia! E eu não posso reagir!

OLEGÁRIO *(admirado)* — Como não pode reagir? Reaja, ora essa!

LÍDIA *(exaltada)* — Não posso! Seria o cúmulo que eu quisesse ficar em igualdade de condições com você — eu sã, você doente. Não me faça dizer coisas que eu não quero! Não me obrigue a ser cruel! Pelo amor que você tem...

(Umberto entra. Vê dr. Olegário com d. Lídia e para, indeciso. Desce a menina, sob a luz vertical. Olegário olha-a. Depois, olha para Umberto.)

OLEGÁRIO — Que há, Umberto?
UMBERTO — Coisa sem importância. Eu volto depois.
OLEGÁRIO — Não, espere. *(para Lídia)* Depois eu falo com você.
LÍDIA — Então eu vou dar comida à d. Aninha.
OLEGÁRIO *(impaciente)* — Já, não. Depois, depois.

(Lídia sobe a escada.)

OLEGÁRIO *(para Umberto)* — Que é que houve, Umberto?
UMBERTO *(aproximando-se cheio de mistério)* — O homem está aí.
OLEGÁRIO *(admirado)* — O homem quem?
UMBERTO — O coxo da Colombo. O tal que manca.
OLEGÁRIO *(espantado)* — Mas está aqui, onde?

UMBERTO — Quer dizer, está na esquina. Está lá há uns dez minutos.

OLEGÁRIO — Mas você não disse que ele não olha para d. Lídia, nem d. Lídia para ele?

UMBERTO — Disse.

OLEGÁRIO — Então o que é que eu tenho com ele? Que importa que ele esteja na esquina ou deixe de estar? Nós temos alguma coisa com isso?

UMBERTO — Não. Mas...

OLEGÁRIO — Mas o quê? Você tem cada uma!

UMBERTO — Achei que devia dizer ao senhor! Um manco que a gente encontra sempre, na Colombo, aparecendo agora, aqui, na esquina!

OLEGÁRIO *(pensativo)* — Ele é velho? Muito velho?

UMBERTO — Não. É moço.

OLEGÁRIO *(espantado)* — Moço o quê! Você não me disse que era velho?

UMBERTO — Eu disse? Então me enganei! É moço! Só tem aquele defeito na perna. No mais, é muito bem-parecido.

OLEGÁRIO *(contendo a irritação)* — Está bom. Então fique controlando esse camarada. Veja se ele se aproxima aqui de casa. Outra coisa. Talvez você pudesse dar um jeito de falar com ele — quem sabe?

UMBERTO — É. Talvez. Vou ver, doutor. Falo com ele, sim.

INÉZIA *(de passagem)* — Estão batendo aí.

(Sai Inézia.)

OLEGÁRIO *(aproxima a cadeira de Umberto)* — Bem, Umberto. Fique vendo esse camarada e depois venha-me contar o que houve.

UMBERTO — Está bem, doutor.

OLEGÁRIO — Pode ir.

(Umberto sai. Entram Inézia e Joel. Joel, rapaz pobre; terno sebento; servilismo abjeto; mesuras. Inézia sai.)

OLEGÁRIO *(com certa impaciência)* — E então?

JOEL — Fiz o que o senhor mandou. Falei com o Sampaio.

OLEGÁRIO — *(profundamente interessado)* — E o que é que ele disse? Senta!

JOEL — Várias coisas, doutor.

OLEGÁRIO — Conte tudo, tudo, direitinho. Senão, já sabe. Deixo de me interessar por você. *(advertindo)* Você quer subir no escritório, não quer?

JOEL — Quero sim, doutor.

OLEGÁRIO — E que é que o Sampaio disse? *(com rancor)* Ordinário como é, esse sujeito! Uma alma de pântano! Ele se abriu?

JOEL — Se abriu! O Sampaio falava de vez em quando.

OLEGÁRIO — *(severo)* — E como é que da outra vez você disse que nunca tinha ouvido nada sobre a minha esposa no escritório?

JOEL — *(atrapalhado)* — Fiquei sem jeito, doutor. Foi por isso que não contei logo. *(pausa)* O Sampaio disse que sim.

OLEGÁRIO — *(ríspido)* — Que sim, o quê? Fale claramente.

JOEL — *(ainda atrapalhado)* — Ele disse que d. Lídia devia ter um... amante.

OLEGÁRIO *(desabrido)* — Devia ter ou tem?

(Passos na escada. Lídia desce.)

LÍDIA — Boa noite!
JOEL — Boa noite!

(Lídia sai.)

OLEGÁRIO *(tendo acompanhado Lídia com o olhar)* — Olha, Joel, ou você deixa de reticências ou... Bem. Quero saber o que ele disse. Pode repetir até os termos. Eu não me incomodo.
JOEL *(mais resoluto)* — Bom. Ele disse que ela tem. Foi o que ele disse. Tem!
OLEGÁRIO *(sombrio)* — Disse que tem! E não disse quem era? Ele deve saber nomes, endereços, o diabo.
JOEL — Eu perguntei para ver se ele me dizia quem.
OLEGÁRIO *(sombrio)* — E então?
JOEL — Não quis dizer. Fiz força, mas não adiantou. O senhor sabe que ele fez um poema e datilografou?

OLEGÁRIO *(sem compreender imediatamente)* — Que história é essa?

JOEL — Uns versos mexendo com sua senhora. Bobagem, doutor!

OLEGÁRIO *(exasperado, contendo-se)* — Pode contar. Vá contando!

JOEL — Também falou...

(Pausa.)

OLEGÁRIO *(saturado)* — Vá contando.

JOEL — ...do Grajaú. O Sampaio foi vizinho de sua mulher, de sua senhora, no Grajaú.

OLEGÁRIO *(impaciente)* — Eu sei. E foi por isso que mandei você conversar com ele.

JOEL *(um pouco relutante)* — Ele me contou o apelido de sua senhora no bairro.

OLEGÁRIO *(concentrando-se)* — Apelido? E que apelido era esse?

JOEL *(depois de uma pausa, baixo)* — V-8.

OLEGÁRIO *(surpreso)* — V-8, por quê? Que negócio é esse de V-8?

JOEL	— Foi o que Sampaio disse. Que todo mundo chamava d. Lídia assim, no Grajaú.
OLEGÁRIO	*(abalado)* — V-8? *(pausa)* Mas por que V-8, ora essa?
JOEL	— Chamavam d. Lídia de V-8 porque — diz o Sampaio — namorava. Era muito namoradeira.
OLEGÁRIO	*(como que em monólogo)* — Marido de V-8... *(noutro tom)* Naturalmente, todo o escritório sabe disso. Ou não sabe?
JOEL	*(sem jeito)* — Sabe. É um pessoal incrível. Quando ela vai à caixa buscar dinheiro, ficam comentando: "A V-8 veio aí." E coisas parecidas. Comenta-se, também, que a sogra do senhor era lavadeira...

(Umberto entra. Detém-se a uma certa distância do dr. Olegário.)

OLEGÁRIO	*(com irritação)* — O que é que você quer, Umberto?
UMBERTO	*(aproximando-se)* — Aquele negócio.

OLEGÁRIO *(sem compreender)* — Que negócio?
UMBERTO — Do homem manco. Ele foi embora.
OLEGÁRIO *(lembrando-se)* — E você falou com ele?
UMBERTO — Pois é. Não pude. Quando voltei, depois de falar com o senhor, ele já tinha ido embora.
OLEGÁRIO *(encerrando o assunto)* — Então está bem. Pode ir.
VOZ INTERIOR *(microfone)* — V-8. V-8.

(Umberto sai. Entra Lídia e sobe a escada. Joel e Olegário acompanham-na com o olhar.)

OLEGÁRIO *(sombrio, voltando-se para Joel)* — Agora uma coisa, Joel. Eu quero avisar a você o seguinte: tudo o que dizem de minha mulher é uma infâmia. Minha mulher é honestíssima — está ouvindo?
JOEL — Estou. Eu sei, doutor.
OLEGÁRIO *(categórico)* — Portanto, não se lembre de dizer que eu mandei você saber isso ou aquilo. Se você andar comentando,

	não será negócio para você, compreende?
JOEL	— Eu sei, doutor Olegário.
OLEGÁRIO	*(aproximando-se)* — O que é que você tinha pedido? Passar para o lugar do Sampaio, não é?
JOEL	*(vacilante)* — Eu estava querendo. Ou a caixa? O senhor é quem sabe. Isso é com o senhor.
OLEGÁRIO	*(pensativo)* — Vai para o lugar do Sampaio.
JOEL	*(animado)* — Obrigado, muito obrigado!
OLEGÁRIO	*(ameaçador)* — Esse negócio do poema não é invenção sua para tirar o lugar do homem mais depressa?
JOEL	*(atarantado)* — Juro, doutor! Ele recitou pra mim. *(levantando-se)* Então, muito obrigado, doutor Olegário. *(noutro tom)* Ah, outra coisa que o Sampaio disse: que o senhor é um... predestinado.
OLEGÁRIO	— Predestinado! Como?
JOEL	— Quer dizer, predestinado porque a sua primeira mulher

	não lhe foi fiel. E agora a segunda também não é fiel... Disse também que d. Lídia...
OLEGÁRIO	*(explodindo, agressivo)* — E d. Lídia o quê?... *(impulsiona a cadeira para junto de Joel, que recua alarmado)* Lídia o quê?... *(silêncio)* Você chegou cheio de dedos — com mil e uma reticências — e agora diz as coisas espontaneamente! Quem mandou você dizer isso? Falar na minha primeira mulher?
JOEL	*(alarmado)* — Mas o que é isso, doutor Olegário, que é isso?
OLEGÁRIO	*(com asco)* — Você é um canalhazinho. Fazer um papel desses!
JOEL	*(justificando-se)* — Mas foi o senhor que mandou! Só fiz o que o senhor mandou.
OLEGÁRIO	*(gritando)* — Não fizesse! *(olha para a escada e baixa a voz)* Você era obrigado a fazer, era? *(rancoroso)* Bom, formidável, chamar — na minha cara — a minha mulher de V-8, hem?

JOEL *(atarantado)* — Eu só estava repetindo o que os outros...
OLEGÁRIO *(com voz surda)* — Os outros!... *(ameaçador)* Eu devia te arrebentar a cara! *(com desprezo)* Mas não farei isso. Você sairia daqui dizendo o diabo! Pode ir. Eu vou botar você no lugar do Sampaio. Mas suma!
JOEL — Boa noite, doutor! Boa noite!

(Joel sai, apressado. Inézia passa e desaparece pela direita. Olegário acompanha-a com o olhar.)

LÍDIA *(descendo a escada)* — O homem já saiu, Olegário? Vou buscar a comida de sua mãe. Tomara que ela coma agora.
OLEGÁRIO *(com ar de fadiga)* — Come, sim. A questão é ter paciência.
VOZ INTERIOR *(microfone)* — Canalha! Canalha!

(Lídia faz menção de sair.)

OLEGÁRIO — Lídia!

(Lídia volta-se. Olegário impulsiona a cadeira na direção de Lídia.)

OLEGÁRIO — *(parando junto de Lídia)* — Venha me fazer um pouco de companhia.
LÍDIA — Venho, sim. Vou só buscar a comida de d. Aninha.
OLEGÁRIO — Então ande. *(faz manobra com a cadeira, para virá-la)*

(Lídia observa o movimento.)

LÍDIA *(com nervos trepidantes)* — Você sabe o que me deixa nervosa? É quando você vira a cadeira.
OLEGÁRIO *(admirado)* — Deixa nervosa, por quê?
LÍDIA *(com certa angústia)* — Não sei. Bobagem!
OLEGÁRIO *(irritado)* — Ah, bom!
VOZ INTERIOR *(microfone)* — Eu devia ter quebrado a cara daquele...

(Impulsiona a cadeira, afastando-se de Lídia. Esta, por um momento, acompanha, com o olhar, o marido com uma expressão de ódio. Sai em seguida. Entra Inézia com um telegrama na mão.)

INÉZIA   *(interrompendo o pensamento de Olegário)* — Telegrama para o senhor, doutor!

OLEGÁRIO   — Para mim?

(Inézia entrega o telegrama e sai. Olegário abre o telegrama e o lê com profunda atenção. Lídia entra com a comida de d. Aninha.)

LÍDIA   — Vamos ver se ela come, Olegário.

(Lídia fica dando comida a d. Aninha de costas para a plateia. Olegário aproxima a cadeira de Lídia e d. Aninha.)

OLEGÁRIO   *(com amargura)* — Logo que eu fiquei doente, você não saía de junto de mim o dia todo. Andava triste, não usava batom. Agora... *(amargo)* Pinta-se. Vai à Colombo. Todos os dias sai. Você me visita apenas. Só vem quando chamo.

LÍDIA   *(nervosa)* — Ora, Olegário, que é isso?

OLEGÁRIO   *(com irritação crescente)* — Eu sei! Você está sempre arranjando pretextos para não ficar aqui! "Vou mudar de roupa!", "Preciso ver a comida", "Tenho que ir lá dentro". Passa comigo cinco minutos — assim mesmo por obrigação.

LÍDIA — *(sempre dando comida a d. Aninha)* — Eu até tenho medo de vir aqui! Você se aborrece e eu me martirizo. Você não sabe como isso é horrível!

OLEGÁRIO — *(com angústia)* — Você diz: "Isso é horrível!" E pensa que eu não sofro, talvez? Tenho um inferno aqui dentro.

LÍDIA — *(sempre de costas)* — Mas eu tenho culpa, Olegário? Tenho? Você tem raiva de mim, como se eu fosse culpada! Meu Deus! *(com doçura e tristeza)* Fui eu que fiz sua doença?

(Olegário vira a cadeira e a impulsiona até a outra extremidade do palco. Lídia tem um olhar intraduzível para a cadeira. Olegário volta para junto de Lídia e d. Aninha.)

OLEGÁRIO — *(cruel)* — V-8!
LÍDIA — *(virando-se, rápida)* — O quê?!
OLEGÁRIO — *(com rancor e com voz surda)* — V-8! V-8, sim! Não adianta

LÍDIA — olhar para mim dessa maneira. *(com escárnio)* V-8! No Grajaú era assim que todo o mundo chamava você. Ou vai dizer que não?

LÍDIA — *(desesperada)* — Você está vendo? É por isso que eu evito vir aqui! Para não ouvir o que você me diz! Para não aguentar seus ciúmes!

OLEGÁRIO — *(com insistência cruel)* — Mas chamavam ou não chamavam você de V-8?

LÍDIA — *(sem lhe dar atenção às palavras)* — Engraçado, você não era assim!

OLEGÁRIO — *(obcecado)* — V-8!

(Lídia vira-se para olhá-lo com absoluto desprezo. Olegário está de costas para a plateia.)

LÍDIA — *(com voz surda)* — Continue dizendo V-8! Continue!

OLEGÁRIO — *(cínico)* — Você quer saber de uma coisa? Eu acho que a fidelidade devia ser uma virtude facultativa.

LÍDIA — *(com desprezo)* — Desistiu de me chamar de V-8?

OLEGÁRIO — *(continuando, cínico)* — Você não acha que seria negócio para você e para todas as mulheres? Que a fidelidade fosse uma virtude facultativa? A mulher seria fiel ou não, segundo as suas disposições de cada dia. *(sardônico)* Você com o direito — de ser infiel. Que beleza!

(Lídia volta-se para d. Aninha, ficando de costas para a plateia.)

OLEGÁRIO   *(perverso)* — Não diz nada?

(Lídia em silêncio. Olegário mete a mão no bolso. Tira o telegrama. Lê para si.)

OLEGÁRIO   *(com intenção)* — Eu tenho aqui um telegrama que você daria tudo para ler!
LÍDIA   *(cortante)* — Não me interessa!
OLEGÁRIO   *(positivo)* — Isso é o que você pensa! *(provocador)* Se você soubesse o que diz esse telegrama! Faça uma ideia!
LÍDIA   *(desabrida)* — Não faço ideia nenhuma!
OLEGÁRIO   *(enigmático)* — Sabe quem sofreu um acidente? Imagine!?

LÍDIA *(vira-se para Olegário. Olha-o)* — Quem?

OLEGÁRIO *(com afetação)* — Coitado! Um desastre de automóvel — veja você! Ficou com as duas pernas esmagadas!

LÍDIA *(contendo-se)* — Mas quem foi?

OLEGÁRIO *(sardônico)* — Então não desconfiou ainda?

LÍDIA *(nervosa)* — Desconfiar de quê, Olegário? Diga!

OLEGÁRIO *(cruel)* — Quem ficou com as pernas esmagadas!...

(O pano começa a descer lentamente.)

OLEGÁRIO *(gritando)* — Foi ele! Ele, o seu amante! Ficou com as duas pernas esmagadas!...

LÍDIA *(num sopro de voz)* — Não! Não!...

OLEGÁRIO — Seu amante! Seu amante! *(riso de louco)*

(Lídia cai de joelhos, aos pés de Olegário, chorando como uma alucinada.)

FIM DO PRIMEIRO ATO

SEGUNDO ATO

(Abre-se o pano para o segundo ato. Olegário, na cadeira de rodas, de costas para a plateia, aponta o dedo para Lídia. Esta, voltada para Olegário, olha-o com uma expressão de assombro. O pano vai-se levantando e Olegário falando. D. Aninha continua enrolando o paninho.)

> OLEGÁRIO *(berrando)* — Foi! Foi seu amante! Ficou com as duas pernas esmagadas!

(Lídia recua, de frente para Olegário, em direção da escada.)

> LÍDIA —Não! Não! Eu não tenho amante! Nunca tive amante!

(Olegário a acompanha, na cadeira de rodas.)

OLEGÁRIO *(num grito estrangulado)* — Me enganando... Me traindo...

LÍDIA *(com expressão de terror)* — Eu vou-me embora. Não fico mais aqui!

OLEGÁRIO *(impulsionando a cadeira, enquanto Lídia recua)* — Vai embora, para onde? *(como que caindo em si)* Lídia! Venha cá, Lídia!

LÍDIA *(no segundo degrau, de frente para Olegário, obstinada)* — Eu vou-me embora!

OLEGÁRIO *(encostando a cadeira na escada, em pânico)* — Não, Lídia! Desça! Eu menti! Desça!

LÍDIA *(subindo mais um degrau, implacável)* — Não!

OLEGÁRIO *(em pânico)* — Foi brincadeira, Lídia! Venha cá!

LÍDIA *(com rancor)* — Brincadeira, isso?

OLEGÁRIO *(suplicante)* — Eu quis fazer uma experiência com você, Lídia! Inventei a história das pernas esmagadas. Desça, Lídia! Desça! O telegrama não tem nada! É outra coisa!

(Lídia desce lentamente e senta-se no primeiro degrau.)

LÍDIA   *(patética)* — E eu ter que aturar isso!

(Olegário observa Lídia a distância, depois aproxima a sua cadeira de rodas. Lídia olha para o marido.)

LÍDIA   *(com os nervos trepidantes)* — Se ao menos você parasse com essa cadeira! Ficasse quieto!
OLEGÁRIO   *(sem lhe dar atenção)* — Eu quis ver se você caía. *(sardônico)* Uma notícia dada à queima-roupa às vezes produz reações surpreendentes. *(para Lídia, com excitação)* Se você desmaiasse, dissesse um nome...
LÍDIA   *(dolorosa)* — Você é doido? Que ideia foi essa das pernas esmagadas?
OLEGÁRIO   *(vago)* — Foi uma coisa de momento. Nem sei como foi.
LÍDIA   *(amargurada)* — E agora, está satisfeito?

(Olegário impulsiona a cadeira, ficando de costas para Lídia.)

OLEGÁRIO *(veemente)* — Não, nunca! Por que satisfeito? *(aproxima-se da mulher)* Esse teu amante não existe. *(feroz)* Ainda assim, esmaguei-lhe as pernas! *(ri, ignobilmente)* Exista ou não, está sem as pernas!

LÍDIA *(dolorosa)* — Ah, meu Deus! Dia e noite, a mesma coisa! *(espremendo a cabeça entre as mãos)* Antigamente, você não era assim!

OLEGÁRIO *(virando a cadeira)* — Não era assim, como?

LÍDIA *(amarga)* — Não era assim, não! Está assim depois que ficou doente. Antes, preferia o escritório a mim. *(excitada)* E só conversava sobre negócios. *(vem sentar-se numa cadeira)*

OLEGÁRIO *(admirado)* — Você queria que eu conversasse sobre o quê?

LÍDIA — Ora, meu filho! Tem tantos assuntos!

OLEGÁRIO *(irônico)* — Tantos assuntos! No mínimo você queria — ah, queria — que eu conversasse sobre artistas de cinema? *(noutro tom)*

	Você gostava bem da minha conversa!
LÍDIA	*(com amargura)* — Gostava, sim! Como não havia de gostar? *(com raiva)* Quando me lembro que você — quantas vezes — depois de um beijo, de uma carícia... *(Olegário afasta-se com a cadeira)* vinha me falar dos seus negócios! Essa mania de ganhar dinheiro!
OLEGÁRIO	*(aproximando-se com a cadeira)* — Agora sou eu que digo: você é que está diferente! Nunca se queixou antes! *(amargo)* Mas agora!
LÍDIA	— Porque eu não me queixava, você estava certinho de que eu era muito feliz!
OLEGÁRIO	— E não era?
LÍDIA	*(excitada)* — Feliz, eu! *(afirmativa)* Nunca fui, meu filho! *(com ironia e noutro tom)* Como eu poderia ser feliz abandonada? Abandonada, sim, por um marido que chegava em casa às duas, três horas da manhã!

OLEGÁRIO *(sem olhar para a mulher)* — Diga só uma coisa. Você não teve sempre "tudo" de mim, tudo?

LÍDIA *(amarga)* — O que é que você chama "tudo"? *(noutro tom)* Já sei. "Tudo" para você são móveis, casa, automóvel, uma vitrola de 25 contos, cinema, dinheiro!

OLEGÁRIO *(sombrio)* — Muitas mulheres com muito menos seriam felicíssimas!

LÍDIA *(amargurada, repetindo)* — "Tudo"! Você se esquece que eu tive "tudo" — como você diz — tudo, menos marido. É o que muitas não têm — muitas — marido!

OLEGÁRIO *(irônico)* — Então você nunca teve marido?

LÍDIA *(veemente)* — Não tive, não senhor! Quer dizer, "quase" não tive! Só no princípio... Depois, os seus negócios!... *(acusadora)* Lá, um dia, você se lembrava que tinha mulher.

OLEGÁRIO — Tirei você da Aldeia Campista.

LÍDIA (*veemente*) — Você não me provocou? Agora, meu filho, vá ouvindo!

OLEGÁRIO (*sem ouvir a mulher*) — Trouxe sua mãe para cá, seu irmão...

LÍDIA — E eu?

OLEGÁRIO (*taciturno*) — Dei dinheiro à sua família!

LÍDIA (*nervosa*) — Quero saber de mim! Você não soube ser marido! Ainda hoje, eu quase não sei nada de amor. O que é que eu sei de amor?

OLEGÁRIO (*sardônico*) — Você quer dizer que não sabe nada?

LÍDIA (*com veemência*) — Sei tão pouco! Era melhor que não soubesse nada!

OLEGÁRIO (*mordaz*) — Afinal, você queria o quê?

LÍDIA — As minhas amigas me contam coisas... E eu fico espantada, espantadíssima... Nem abro a minha boca, porque não convém... Eu sou uma esposa que não sabe nada, ou quase... No colégio interno, aprendi

	muito mais que no casamento. Parece incrível!
OLEGÁRIO	*(cortante)* — Porque eu respeitava você!
LÍDIA	— Ora!
OLEGÁRIO	— Você era esposa, e não amante! E eu não podia, compreendeu? Para a esposa, existe um limite!
LÍDIA	— Ah, eu não compreendi, nunca, esse escrúpulo, esse limite! Eu pensando que o casamento era outra coisa — tão diferente — e quando acaba você foi sempre tão escrupuloso! Até me proibia de ler livros imorais. Tinha um cuidado comigo, meu Deus do céu! *(agressiva)* Tinha alguma coisa, eu — uma mulher casada — ler certos livros?
OLEGÁRIO	*(sombrio)* — Você nunca falou tanto.
LÍDIA	*(desabafando)* — Tenho direito! Depois do que você me fez — da farsa — tenho, não é?
OLEGÁRIO	*(sombrio)* — Nunca teve marido!
LÍDIA	*(levantando-se, nervosa)* — Então, quando você deu para escrever sobre economia, me

	dava tudo para ler. Que é que me interessa carvão, manganês, minério não sei de quê?
OLEGÁRIO	*(cortante)* — Basta!
LÍDIA	— Também acho.
OLEGÁRIO	— Mas eu quero te dizer, ainda, uma coisa. E vou dizer. *(num transporte)* Sabes que eu acharia bonito, lindo, num casamento? Sabes? Que o marido e a mulher, ambos, se conservassem castos — castos um para o outro — sempre, de dia e de noite. Já imaginaste? Sob o mesmo teto, no mesmo leito, lado a lado, sem uma carícia? Conhecer o amor, mesmo do próprio marido, é uma maldição. E aquela que tem a experiência do amor devia ser arrastada pelos cabelos...
LÍDIA	— Não! Não!
OLEGÁRIO	*(novo tom)* — Você falou, mas... Essa mágoa retrospectiva é apenas uma consequência — sabe de quê?
LÍDIA	*(com desprezo)* — Não respondo!

OLEGÁRIO (*categórico*) — De minha paralisia! (*ri, arquejante*) Foi esta a minha grande gafe — ficar paralítico!

LÍDIA (*saturada*) — Lá vem outra vez a paralisia, meu Deus! (*tapando os ouvidos*) Acabe com isso!

OLEGÁRIO (*cruel*) — Tudo você perdoaria, tudo. Menos as duas pernas assim. (*faz o gesto demonstrativo*) Esse é o único direito que nenhum marido tem: ficar paralítico!

LÍDIA (*num lamento*) — Por que você insiste?

OLEGÁRIO — Eu?

LÍDIA (*dolorosa*) — Por que você me provoca? Você me diz coisas e eu falo o que não devia!

OLEGÁRIO — Mas não faz mal. Eu não me queixo. Até gosto, acho tudo ótimo, magnífico. E se me queixei foi antes. Agora, não. No momento, eu estou com uma disposição fantástica. Porque o fato é o seguinte: eu estou assim — imprestável. Muito bem. E, então, como consequência do meu estado, nós dois, e sobretudo você, mocíssima, somos o casal — veja você — que, ao contrário dos outros, se mantém ferozmente casto... Que tal, hem?

LÍDIA *(saturada)* — Já vou, Olegário.
OLEGÁRIO — Um momento.
LÍDIA — Que mais?
OLEGÁRIO — Bem. Em primeiro lugar, eu queria saber por que os maridos irritam as esposas e vice-versa. Você falou num tom de evidente irritação.
LÍDIA — Desculpe.
OLEGÁRIO *(impulsionando a cadeira para perto de Lídia)* — Por despedida, eu vou-lhe dizer uma coisa. Dois pontos: você se pinta, frequenta cabeleireiro, manicura, modista, massagista, o diabo. Permite uma pergunta?
LÍDIA — Sim.
OLEGÁRIO — É por minha causa que você vai à massagista? Ao cabeleireiro? À modista? É? Alguma mulher se enfeita para ser casta? E se não é para mim,

	para quem é? *(berra)* Vamos, responda!
LÍDIA	*(fechando-se)* — Não respondo coisa nenhuma. *(desesperada)* Isso é uma indignidade!
OLEGÁRIO	*(sardônico)* — Indignidade! *(com sombria exasperação)* Você está mais bonita do que nunca. Você não podia ser tão bonita. Chega a ser... indecente. Agora é que você é, de fato, mulher.

(Inézia entra e desaparece pela outra porta.)

LÍDIA	*(com ironia dolorosa)* — Isso é... galanteio?
OLEGÁRIO	*(impulsionando a cadeira para longe de Lídia e com amargura)* — Ah, desculpe. Esqueci que o galanteio de um paralítico é uma coisa tremenda!
LÍDIA	*(exasperada)* — Pelo amor de Deus, não fale assim — pelo amor de Deus!

(Maurício entra. Os dois olham para ele. Maurício apanha um livro numa pequena estante e sai.)

OLEGÁRIO — Esse seu irmão fica andando pela casa. Não diz uma palavra. E nem olha. Não olha para ninguém.
LÍDIA *(cansada)* — Eu vou ver uma coisa lá em cima, Olegário.
OLEGÁRIO *(baixo)* — V-8!
LÍDIA — O quê?
OLEGÁRIO — V-8!

(Desesperada, Lídia sobe a escada correndo. O olhar de Olegário acompanha Lídia. Luz em penumbra. Luz vertical sobre Olegário.)

HOMEM *(microfone)* — V-8!... V-8!...
HOMEM *(microfone)* — V-8!... V-8!...
MULHER *(microfone)* — V-8!... V-8!...
DIFERENTES VOZES *(microfone)* — V-8! V-8!

(Luz volta a ser normal. Aparece Maurício. Vai recolocar o livro na prateleira. Olegário o chama.)

OLEGÁRIO — Maurício! Maurício!
MAURÍCIO — Eu.
OLEGÁRIO — Vem cá, um instante. Você parece que tem medo de mim. Ou ódio. Tanto faz, não é, Maurício?

(Maurício senta.)

MAURÍCIO — Eu, medo? Mas por quê, se, afinal... *(muda de tom)* Apanhei o segundo volume, em vez do primeiro. Aliás, já conhecia esse livro e vou reler. Até que esse sujeito escreve direitinho... Aqui tem uma parte sobre a fidelidade...

OLEGÁRIO — Fidelidade, é? Ah, me interessa muito... E que diz, aí, o cretino?

MAURÍCIO — Diz uma coisa muito interessante...

OLEGÁRIO *(sardônico)* — Vamos ver.

MAURÍCIO — Diz que há mulheres que não têm o direito de se conservarem fiéis.

OLEGÁRIO — Ah, sim?... Quer dizer que existem essas mulheres? Mulheres que têm obrigação de trair, o dever da infidelidade? Vê se não é isso. Figuremos uma mulher que deixou de gostar do marido. O simples fato de não gostar implica um direito ou,

	mesmo, o dever — veja bem! — dever de adultério. Estou certo?
MAURÍCIO	— Mais ou menos.
OLEGÁRIO	— Perfeito. Outro exemplo: a mulher de um inválido, digamos de um paralítico... Sim, de um paralítico. A mesma coisa, não? Evidente! Em certos casos, a fidelidade é uma degradação... Claro como água, não é?
MAURÍCIO	— Depende. Varia muito.
OLEGÁRIO	*(subitamente feroz)* — Por que varia?! Ou ela é fiel ou não é. Só. Não há uma terceira hipótese, ouviu? Mas escuta. Acompanha meu raciocínio. Uma mulher conhece isso a que nós chamamos "êxtase amoroso". E pronto. Já não pode olhar para outro homem. Compreende? Cada homem é uma promessa do mesmo êxtase, talvez mais intenso ou quem sabe se... *(encarando, subitamente, Maurício)* Você tem amante, Maurício?
MAURÍCIO	*(espantado)* — Amante, como?

OLEGÁRIO — Quer dizer, mulher fixa, uma que esteja sempre à sua disposição.

MAURÍCIO *(levanta-se)* — Assim não. Eu vario muito. Não gosto de uma mulher só. Agora, se me casar, pode ser.

VOZ INTERIOR *(microfone)* — Irmão de criação!

MAURÍCIO — Esse negócio de mulher é complicado. Às vezes...

OLEGÁRIO *(interrompendo)* — Você brincava muito com Lídia, quando era criança?

MAURÍCIO *(sentando-se)* — Muito. A gente morava nos fundos de uma farmácia; tinha um tanque no quintal.

OLEGÁRIO *(sombrio)* — E que idade vocês tinham?

MAURÍCIO — Foi dos quatro até oito, mais ou menos.

VOZ INTERIOR *(microfone)* — Eles têm a mesma idade. Com quatro anos, um menino e uma menina costumam até tomar banho juntos.

(Sempre que o microfone intervém, os personagens enchem as pausas com algum movimento.)

OLEGÁRIO	— Que idade você tem?
MAURÍCIO	— 17 anos.
OLEGÁRIO	— 17. Muito bem. No Brasil, nessa idade, o homem já teve todas as experiências... Somos homens desde os 12 anos... Em todo caso, você, com o seu temperamento... *(toma respiração)* Em suma, Maurício, eu queria saber se você teve uma experiência de amor. Digo amor, no sentido mais físico. Teve?
MAURÍCIO	— Não sei.
OLEGÁRIO	— Ou eu não mereço a confiança de uma confidência?
MAURÍCIO	— Não é isso. Merece, mas... Há certas coisas que... E eu, francamente, gostaria que ninguém soubesse, nunca...
OLEGÁRIO	*(melífluo e ignóbil)* — Não entendi bem. Soubesse o quê? O que é que ninguém deve saber, nunca? *(persuasivo)* Fala, Maurício, fala... Hem?... *(muda de tom)* Você é um homem que mora na minha casa. Como não?! E minha mulher é nova, bonita. Preciso saber se você é

como certos homens que não podem ver uma mulher, porque, imediatamente, seriam capazes de um crime... *(com a mão, parece estrangular alguma coisa no ar)* E eu preciso proteger minha esposa...

MAURÍCIO — *(com angústia)* — Mas é minha irmã!

OLEGÁRIO — *(espantado)* — Sua irmã?... Sim, sua irmã... Não há dúvida. *(novo tom)* Irmã de criação não é a mesma coisa que legítima! *(feroz)* Responda! Eu sustento você e tenho direito!

MAURÍCIO — *(num sopro)* — Não...

OLEGÁRIO — *(sôfrego)* — Não o quê? Fale, pode falar.

MAURÍCIO — — Não conheci mulher nenhuma... Nesse sentido, não...

OLEGÁRIO — — Compreendo. Perfeitamente. Era justamente isso que eu precisava saber... Mas se você não conhece, ainda não conhece, não quer dizer que não pense... Você há-de pensar em mulheres. Por exemplo,

	você nota quando a mulher está sem cinta ou de cinta?
MAURÍCIO	— Como?
OLEGÁRIO	— Preste atenção: você conhece uma mulher. Convive com esta mulher. Ela usa cinta. Um dia, você nota que ela está sem cinta. Ou porque faz calor, a transpiração é horrível e a cinta a incomoda. Ela tira, então. Você sente o corpo da mulher diferente sem a cinta? A gente deseja mais a mulher sem cinta ou é a mesma coisa?
MAURÍCIO	— Quem sabe?
OLEGÁRIO	*(ri, sórdido)* — Uma mulher com cinta não me inspira desejo nenhum. Percebeu? Nenhum. *(exasperado)* Você tem medo. Medo de mim. Olha. Agora que eu sei que nunca, que não conheceste nenhuma mulher, eu desejaria, juro, que tu tivesses morrido antes do primeiro desejo... *(agarra-se ao outro, em desespero, numa espécie de súplica mortal)* Ninguém é fiel a ninguém. Cada mulher esconde

	uma infidelidade passada, presente ou futura.
MAURÍCIO	— Nem todas!
OLEGÁRIO	*(num berro)* — Todas!
MAURÍCIO	— Se eu soubesse que não há nem houve, nunca, uma mulher fiel — fiel de qualquer maneira, sempre — eu te juro, eu meteria uma bala na cabeça. No mesmo instante.
OLEGÁRIO	*(sorridente)* — Então, mete a bala na cabeça, já! Onde está o meu revólver? Ali! Na gaveta! Apanha! *(muda de tom)* Ou, então, se tu metesses uma bala na cabeça, eu poderia fazer o mesmo se... *(sôfrego)* Acreditas, então, que há uma mulher assim? Já não digo duas. Uma. Basta uma que seja a fiel absoluta...
MAURÍCIO	— Acredito.

(Olegário começa a ouvir vozes. Fica atento.)

VOZ	*(microfone)* — V-8!...
VOZ	*(microfone)* — V-8!...
VOZ	*(microfone)* — V-8!...

VOZ (*microfone*) — V-8!...
MAURÍCIO — Que foi?
OLEGÁRIO (*lento*) — Eu tenho um inferno dentro de mim. Um inferno particular. E se tivesse também um céu particular, uma eternidade minha, só minha, com tabuleta na porta proibindo a entrada de pessoas estranhas ao serviço? Não seria negócio? Um alto negócio?
MAURÍCIO — Você está brincando!
OLEGÁRIO (*sôfrego*) — Preciso que me convenças. Há essa mulher? Que não seja fria. A mulher fria é mil vezes pior que as outras. Pois bem. A mulher incapaz de trair, seja em sonho, pensamento, atos ou palavras. Quem é ela?
MAURÍCIO — Lídia.
OLEGÁRIO — Quem?
MAURÍCIO — Sua mulher.
OLEGÁRIO — Minha mulher. Fiel... Tu achas que sim? (*furioso*) E onde ela está? neste momento? e fazendo o quê? Inézia! Inézia! Inézia!

(*Inézia entra.*)

INÉZIA	— Pronto, dr. Olegário!
OLEGÁRIO	— Onde está d. Lídia?
INÉZIA	— No banho.
OLEGÁRIO	*(angustiado, para Maurício)* — Viu? *(para Inézia)* Há muito tempo?
INÉZIA	— Mais ou menos.
OLEGÁRIO	— Responda direito!
INÉZIA	— Uns vinte minutos.
OLEGÁRIO	*(para Maurício)* — Vinte minutos. *(para Inézia)* Entrou de roupão?
INÉZIA	— Foi, de roupão. Aquele verde.
OLEGÁRIO	— Pode ir. *(sai Inézia. Exasperado, para Maurício)* Eu já disse que não queria que ela usasse roupão! Foi o mesmo que nada. Acabo tendo que tomar uma providência.
MAURÍCIO	*(sem ouvir suas palavras)* — Mas ela é a mulher que nunca... Qualquer outra poderia talvez ceder... Mas Lídia, não. Eu sei, tenho certeza...
OLEGÁRIO	*(numa espécie de monólogo)* — O banho de Lídia é agora demorado como nunca... No banheiro, eu sei, tenho certeza de que o próprio corpo

a impressiona. O corpo nu, espantosamente nu. Há-de acariciar a própria nudez, e talvez, quem sabe? Gostasse de ser amante de si mesma... *(ri, com sofrimento)* Por que a mulher bonita, linda, não pode ser uma namorada lésbica de si mesma? Seria uma solução... *(noutro tom)* Maurício, eu acabo assim como minha mãe... *(aproxima-se de d. Aninha. Fala na direção da mesma, de costas para o rapaz)*... enrolando um paninho, sempre, sem falar... Ela não sabe gemer... Seria incapaz de um grito, de um uivo... *(com voz estrangulada)* Acabo assim!

(Entra d. Márcia.)

D. MÁRCIA — Preciso falar com você, Olegário, de um assunto desagradável.
OLEGÁRIO *(saturado)* — Sei.

(Ergue-se Maurício.)

OLEGÁRIO	— Depois, vamos continuar a nossa conversa.
MAURÍCIO	*(saindo)* — Está certo.
OLEGÁRIO	*(acompanha Maurício com o olhar)* — Uma flor, o seu filho. *(ri)* Puro, uma menina. *(grave)* Que é que há?
D. MÁRCIA	— Olegário, você precisa tomar uma providência. E logo, porque, senão, já sabe. Assim é que não pode continuar.
OLEGÁRIO	— E afinal?
D. MÁRCIA	— Imagina você que ontem... É um caso sério... Eu já vinha desconfiando, há muito tempo. Como não tinha provas, deixava passar. E ontem, eu disse comigo mesma: "Há qualquer coisa, aqui, que não está me agradando." Apaguei a luz. Fechei a janela e fiquei espiando pelas venezianas. Tiro e queda!
OLEGÁRIO	— Tiro e queda o quê?
D. MÁRCIA	*(enfática)* — Vi Inézia entrando no quarto de Umberto.
OLEGÁRIO	— Inézia.
D. MÁRCIA	— Francamente! Afinal, onde é que nós estamos? Estão

	pensando que isso aqui é a casa da mãe Joana?
OLEGÁRIO	— Que miserável!
D. MÁRCIA	— E ela? Ela também, porque quando a mulher não quer, o homem não arranja nada! Isso é um desaforo!
OLEGÁRIO	— Vou despedir esse cachorro. Botá-lo para fora daqui a pontapé.
D. MÁRCIA	— Ora veja!

(Entra Umberto, mais petulante do que nunca.)

UMBERTO	— Dr. Olegário!

(Ergue-se d. Márcia.)

D. MÁRCIA	— Com licença, Olegário!
UMBERTO	*(inclina-se, numa mesura caricatural)* — Madame! *(pigarreia)* Pelo que vejo, entrei, aqui, na horinha H.
OLEGÁRIO	— Estive sabendo de umas coisas a seu respeito...
UMBERTO	— De mim?...
OLEGÁRIO	— E não quero conversa. De maneira que você vai sair desta

	casa, imediatamente. Antes que eu chame a polícia!
UMBERTO	— Sairei. Perfeitamente. Mas...
OLEGÁRIO	— Canalha!
UMBERTO	*(cínico)* — Posso falar?
OLEGÁRIO	— Rua! Rua!
UMBERTO	— Primeiro, dr. Olegário, o senhor ainda me deve... Uns dias, creio... E, além disso...
OLEGÁRIO	— Nem uma palavra!
UMBERTO	— Eu tenho direito de saber. Sou expulso. Está certo. Mas por quê? Há um motivo. Fiz alguma coisa?
OLEGÁRIO	— Você e Inézia... Na minha casa. Estão pensando o quê?... Viram quando ela entrava...
UMBERTO	— Eu e Inézia? *(ri)* Quer dizer que o senhor pensa que...?
OLEGÁRIO	— Vou fazer suas contas e não me apareça nunca mais...
UMBERTO	— E se eu lhe provar...
OLEGÁRIO	— Cínico!
UMBERTO	— ...Mas se eu lhe provar que, entre mim e Inézia, não há, não houve absolutamente nada, hem?
OLEGÁRIO	*(gritando)* — Viram!

UMBERTO — Eu posso provar, dr. Olegário. Provo e convenço o senhor!

OLEGÁRIO — Mas Inézia entrou ou não entrou?

UMBERTO — Bem. O senhor disse que viram... Então, entrou... É claro! Se viram, entrou...

OLEGÁRIO — Basta!

UMBERTO *(cínico)* — Mas não houve nada! Juro! Dou minha palavra de honra... Não houve e... *(pausa. Encara Olegário)* ...nem podia haver.

OLEGÁRIO *(arquejante, espantado)* — Como?... E por que não podia haver?

UMBERTO *(ri, com selvagem alegria)* — O senhor já imaginou?... Uma mulher entra no quarto de um jovem. Muito bem. É criada, mas não faz mal... Estão sós. Encerrados num quarto. A moça vem como uma esfomeada. Ela se oferece. Não fala, mas é como se dissesse: "Toma! Tudo é teu!"

OLEGÁRIO — Imagino! Imagino! *(impulsiona a cadeira de um lado para outro)*

UMBERTO — E, no entanto, não pode acontecer nada, absolutamente nada. E, de fato, não aconteceu. Nada. *(ri)* Se o senhor visse o rosto assombrado de Inézia. Correu para fora do quarto, como uma doida.

OLEGÁRIO *(quase sem voz)* — Mas por quê? *(com progressiva exaltação)* Quero saber por quê!

UMBERTO *(baixo)* — Quer?

OLEGÁRIO — Quero!

UMBERTO — Muito simples. Simplíssimo. Um acidente de meninice, apenas.

OLEGÁRIO — E o menino eras tu?

UMBERTO — Eu. Mas não foi acidente. Foi... uma vingança. Alguém quis se vingar de meu pai na pessoa do filho único, que era eu... *(ri, ferozmente)* Eu tomava banho no rio, garoto ainda... E o inimigo de meu pai. Uma mutilação tão rápida que eu nem senti... Corri, gritando... Atrás de mim, ficava o rastro de sangue...

OLEGÁRIO *(rindo, também)* — Engordaste, então, não foi? E passaste a olhar os outros, de baixo para cima? Tinhas vergonha de tudo, não tinhas?

UMBERTO — Não sou como os outros... E Inézia ou outra qualquer...

OLEGÁRIO — Qualquer uma?

UMBERTO — Sim. Qualquer uma podia entrar mil vezes no meu quarto.

OLEGÁRIO — Continua.

UMBERTO — Entra, digamos, de combinação. *(muda de tom)* O senhor já reparou, dr. Olegário?

OLEGÁRIO — Em quê?

UMBERTO *(pigarreia)* — Que uma mulher de combinação não parece séria? Mas isso não é bem o que eu queria dizer. Eu queria dizer outra coisa.

OLEGÁRIO *(furioso)* — Basta!

UMBERTO — Perfeitamente.

OLEGÁRIO *(caindo em si)* — Desculpe, Umberto, mas é que eu... Estou esgotado. Esgotadíssimo. Às vezes, não me controlo. De qualquer maneira, você me deu uma grande notícia. Porque, imagine você, eu cheguei a pensar, quando me disseram que você e Inézia... Pois eu tive medo. *(olha para os lados; voz baixa)* Olha, eu queria perguntar-te uma coisa, só uma coisa, por despedida. É o seguinte: se uma mulher... Não digo qualquer uma. Mas uma certa mulher...

UMBERTO — Já sei quem é.

OLEGÁRIO — Como?

UMBERTO — Sei quem é essa mulher... Essa senhora...

OLEGÁRIO *(atônito)* — Sabe? *(numa irritação progressiva)* Mas vem cá. Eu disse algum nome, disse?

UMBERTO — Não, não disse, mas eu, claro, imaginei logo!

OLEGÁRIO — Seu cachorro! Você está pensando que... Olha que eu... *(interrompe-se, arquejante) (baixo)* Admitamos que seja mesmo essa mulher que você pensa... Faz de conta que é... Imaginemos que, um dia, por casualidade, você visse...

UMBERTO — Já vi.

OLEGÁRIO *(aterrado)* — Viu? O quê? Viu o quê?

UMBERTO — Vi. Compreendeu? Vi. Foi um acidente. Fui lá em cima para ver um fio, que estava dando curto. Ia consertar o fio. Quando passei pelo quarto do senhor, bom... bom...

OLEGÁRIO *(berrando)* — Não diga o nome, ouviu? Não quero que diga o nome! Nunca!

UMBERTO — Perfeitamente. "Ela" saía em direção do banheiro... Ia, se não me engano, tomar banho. Presumo. Vestia um quimono rosa e... Bem. O quimono estava entreaberto. O senhor já entendeu, com certeza... *(Umberto começa a rir. Em pouco, Olegário ri também, mas com desespero)* O senhor já teve ciúmes de mim, hem? Teve medo! *(corta o riso. Com certa dignidade)* Ela ou outra qualquer... Eu podia espiar o banho de todas as esposas... Para mim é como se não existisse a mulher nua...

OLEGÁRIO — Não há dúvida, não há dúvida... Quer dizer que essa pessoa não te impressionou,

	nem... Umberto, ainda agora eu quis te despedir, mas...
UMBERTO	— Compreendo.
OLEGÁRIO	*(começa a rir)* — Porque, realmente, é um privilégio ter, em casa, um homem que poderia assistir, tranquilamente, ao banho de nossa mulher...
UMBERTO	*(também ri)* — Também acho! Também acho!
OLEGÁRIO	— ...sem maiores consequências...

(Entra Maurício.)

UMBERTO	— Com licença.

(Sai Umberto.)

MAURÍCIO	— Quer que chame Lídia, agora?
OLEGÁRIO	— Não. *(baixando a voz)* Ontem eu a ouvi.
MAURÍCIO	*(admirado)* — Ouviu quem?
OLEGÁRIO	*(misterioso)* — Ela.
MAURÍCIO	*(espantadíssimo)* — Ela? Mas ela, quem, Olegário?
OLEGÁRIO	*(vago)* — Minha mulher. Minha primeira mulher.

MAURÍCIO *(assombrado)* — Sua primeira mulher? Mas ela morreu! Que negócio é esse?

OLEGÁRIO *(misterioso, aproximando-se de Maurício)* Pois é, a minha primeira mulher. Não aparece — corporalmente —, mas a voz é dela.

(Olegário vai e volta com a cadeira. Maurício olha Olegário com espanto.)

OLEGÁRIO — Enquanto for só a voz — bem. *(com excitação)* Mas quando for uma aparição física — como viria ela?

VOZ INTERIOR *(microfone) (espantado)* — Estou enlouquecendo!

OLEGÁRIO *(sem lhe dar atenção)* — Morreu há tanto tempo, que viria cheia de bichinhos — bichinhos saindo de todos os lugares.

MAURÍCIO *(sentando-se)* — Mas você está doente! Isso é esgotamento! Aposto como você tem febre!

OLEGÁRIO *(aproximando-se)* — Maurício, eu sei o que você está pensando.

(Olham-se.)

MAURÍCIO *(aliviado)* — Não é que eu pensei mesmo?

OLEGÁRIO *(irritado)* — Eu sei que estou doente. Tenho consciência da minha doença.

(Lídia aparece na escada. Os dois olham.)

LÍDIA *(para Olegário)* — Eu vim ver se você quer comer agora.

OLEGÁRIO *(triste)* — Não. Estou sem vontade.

LÍDIA *(persuasiva)* — Então, daqui a pouco. Você precisa se alimentar, Olegário! *(noutro tom)* Estou tão atrapalhada. Cozinheira nova. Tenho de estar na cozinha.

VOZ INTERIOR *(microfone)* — E se eu enlouquecesse agora?

MAURÍCIO — Mas você não pensa que é mesmo a sua primeira esposa que fala com você?

OLEGÁRIO *(grave)* — Não. *(com exasperação)* Sei que é uma voz interior. Uma voz que sai das profundezas do

MAURÍCIO   meu inferno. Também não estou tão ruim assim.

MAURÍCIO — Quer dizer que não é espiritismo?

OLEGÁRIO *(impaciente)* — Que espiritismo! *(noutro tom)* Às vezes, estou com outra pessoa, e começo a ouvi-la. Ouço outras coisas. *(com angústia)* Olha aí, está ouvindo?

(Ouve-se um berro tremendo.)

MAURÍCIO *(espantado)* — O quê?

OLEGÁRIO — Um grito. Você não podia ouvir, nem ninguém — só eu. Outro. Um berro de gente assassinada.

(Novo berro de estrangulado. Maurício se mexe inquieto.)

MAURÍCIO — Você ouve mesmo? Sério?

(Olegário agitado. Aparece outra vez a menina.)

OLEGÁRIO — E se eu lhe contar que também tenho visões? Vejo Lídia com dez anos, vestido curtinho, as coxinhas aparecendo, bem-feitas, *(gaguejando)* lindas. Você sabe que eu morei perto de vocês, quando Lídia era criança; e uma vez a vi, assim mesmo, vestidinha assim. E essa imagem que me aparece, que eu vejo... *(surdamente)* Lídia aos dez anos...

MAURÍCIO — Sério?

OLEGÁRIO *(espantado)* — Ali. Está ali agora. *(noutro tom)* Também vejo homens descendo e Lídia, no alto da escada, dando adeus, de combinação. Ouço ela dizer: "*Mon chéri, mon chéri...*"

LÍDIA *(microfone)* — Mon chéri, mon chéri, mon chéri, mon chéri. *(tom variado: doce, apaixonado, sensual)*

MAURÍCIO — Assim você acaba louco, Olegário.

OLEGÁRIO *(com sombria exasperação)* — Você acha? *(excitação progressiva)* Isso é o que você quer, deseja! Vocês não me enganam. *(arqueja, e mudando de tom)* Espera.

VOZ DE MULHER — V-8... V-8... V-8...

OLEGÁRIO *(perturbado)* — É ela outra vez.

(Entra sob a luz vertical uma mulher vestida de grená.)

MULHER *(sardônica)* — Larga essa cadeira.
OLEGÁRIO *(sem olhar para ela)* — Estou bem assim... *(repete, surdamente)* V-8... V-8... *(aperta a cabeça entre as mãos)*
MULHER — Ficou zangado porque falei na cadeira? Só por isso? Que é que tem?
OLEGÁRIO *(irritado)* — Não faz mal. Pensei em dizer um desaforo, mas desisti. Para quê? Não interessa! Você não existe. Viu como eu tenho consciência do meu delírio? E isso prova apenas...

(Sai Maurício, espantado. Olegário nem nota.)

MULHER — Prova o quê?
OLEGÁRIO *(triunfante)* — ...prova que, apesar de tudo, não estou louco de todo.
MULHER — Está vaidoso — porque raciocina com lógica.

OLEGÁRIO — Talvez. Só uma coisa me intriga: por que ouço a voz de minha primeira mulher e não outra voz qualquer?

MULHER — Você queria talvez ouvir a voz de um jogador de futebol — por exemplo. Enquanto você não acreditar na minha eternidade...

OLEGÁRIO *(cruel)* — A sua eternidade não impediu que outra viesse para seu lugar, ocupasse o seu quarto... dormisse na sua cama!... *(sem transição, saturado)* E a cinta, meu Deus? Ela tirou a cinta! *(baixo)* Sem cinta, está mais próxima do pecado.

MULHER — A mulher de um doente irremediável é assediada a todo momento e em toda a parte. Olegário, sua doença é um convite, uma sugestão, uma autorização. Esse seu falso cunhado...

OLEGÁRIO — Maurício...

MULHER *(aproximando-se)* — Um homem que passa todo o tempo fechado num quarto, acaba pensando em mulheres, muitas mulheres;

	ou, então, pensando numa única mulher. Ele está num quarto pegado ao de Lídia, Olegário!
OLEGÁRIO	*(sombrio)* — Eu expulso Maurício daqui. Expulso. E se ela se opuser...
MULHER	— Os dois brincaram juntos em criança! Acontecem coisas terríveis entre meninos e meninas. Você pode imaginar o quê! As crianças têm curiosidade, instintos incríveis!
MULHER	— É impossível que Maurício não tenha visto ainda Lídia entrar no banheiro de roupão. Outro dia, Lídia estava de roupão, o roupão abriu assim... *(faz um gesto na altura do peito)*

(Olegário aperta a cabeça entre as mãos.) (Entra Inézia.)

INÉZIA	— O homem da injeção.
OLEGÁRIO	— Manda entrar para a saleta.

(Sai Inézia. Entra Lídia.)

LÍDIA	— Meu anjo, o farmacêutico está aí.

OLEGÁRIO — Já sei.

LÍDIA — E outra coisa. Você despediu Umberto?

OLEGÁRIO — Não.

LÍDIA *(surpresa)* — Nem vai despedir?

OLEGÁRIO *(sardônico)* — Por que esta conspiração universal contra o rapaz?

LÍDIA — Mas como? Afinal, mamãe viu!

OLEGÁRIO — O quê?

LÍDIA — Ora, meu filho!

OLEGÁRIO — Bem. Já que vocês insistem, vou dar minha opinião, a respeito. É a seguinte: sua mãe devia cuidar dos próprios pecados e deixar os dos outros.

LÍDIA — Mas você acha justo, Olegário?

OLEGÁRIO *(sórdido)* — Quem sabe?

LÍDIA — É uma situação muito desagradável!

OLEGÁRIO — Quem devia ser despedida era Inézia. E vamos mudar de assunto, porque eu estou satisfeito com Umberto e pronto. No momento, o que me interessa é o seguinte: que você não me saia mais do quarto de roupão ou quimono.

LÍDIA — Qual é o mal?

OLEGÁRIO — Mas evidente! Você com o quimono ou o roupão, em cima da pele!

LÍDIA — Só uso roupão, quando vou tomar banho. E a porta do quarto fica quase em frente ao banheiro.

OLEGÁRIO — Imagine se, um dia, você abre a porta do quarto e — esbarra com Maurício. E mesmo que não esbarre com ninguém. De qualquer maneira, não quero! Por mim, você nunca tiraria a roupa. Nua no banheiro — nunca. *(suplicante)* O fato de você mesma olhar o próprio corpo é imoral. Só as cegas deviam ficar nuas. *(ri)* Ou, então... Sim, há alguém que poderia entrar no quarto de todas as esposas. Compreendeu? Alguém que... Não, Maurício. Maurício, não. Eu pensei que ele fosse um anjo. Mas falta em Maurício não sei como possa dizer. Ele não é mutilado, ouviu? Perfeito. Realmente perfeita é a

	pessoa que, na meninice...
LÍDIA	— Arranjei uma agulha nova, de platina. Vamos?
OLEGÁRIO	— Eu vou, mas você fica. Você sabe que eu não gosto que você me veja tomando injeção. *(exalta-se)* Todos, todos os homens deviam ser mutilados! *(ri)*
LÍDIA	— Que é isso?

(Olegário vai saindo, lentamente, com Lídia empurrando a cadeira. A mulher e a menina o acompanham.)

OLEGÁRIO	— Sabes o que faria, se pudesse? Presta atenção que vale a pena. Arranjaria um quarto, do qual não se pudesse sair, nunca. Um quarto para nós três. Eu, você e "ele". Olhando um para o outro, até o fim da eternidade. *(ri e corta a gargalhada. Fala com sofrimento)* Agora você fica.
LÍDIA	— Já sei, já sei.

(Sai Olegário acompanhado pela mulher e a menina. Lídia fica de pé, no meio da cena, amargurada. Umberto aparece. Sem que ela o pressinta, ele se aproxima, sem rumor.)

UMBERTO — D. Lídia!

(Sobressalto de Lídia. Vira-se, assustada. Umberto segura-a e beija-a. Lídia esperneia.)

LÍDIA *(soltando-se)* — Miserável, bandido!

FIM DO SEGUNDO ATO

TERCEIRO ATO

(O mesmo ambiente. Umberto, Lídia e d. Aninha. Esta enrola o eterno paninho.)

LÍDIA — Miserável! Bandido! *(Passa as costas da mão na boca, numa expressão de supremo asco)*

UMBERTO — Bandido, por que beijei a senhora?

LÍDIA — Não fica nem mais um minuto nesta casa. Saia já! *(olha a escada)*

UMBERTO — Não adianta olhar para a escada. A senhora não foge. Se correr irei atrás. *(cobre a passagem para a escada)*

LÍDIA — Cínico!

UMBERTO — Só sai daqui quando eu quiser, quando eu deixar!

LÍDIA — Vou dizer ao meu marido... *(faz menção de correr, mas desiste)*
UMBERTO — Viu? Não adianta. Fique onde está, quietinha!
LÍDIA — Deixa eu passar! Indigno!
UMBERTO — Diz isso e quando acaba — gosta de mim!
LÍDIA — Eu?
UMBERTO — As mulheres são engraçadíssimas!
LÍDIA — Está doido!
UMBERTO — Doido coisa nenhuma... Você...
LÍDIA — Não me chame de você!
UMBERTO — Chamo, sim... Você, ouviu? Você... Você gosta de mim e sabe disso.
LÍDIA — Deixa eu passar ou eu grito agora mesmo!
UMBERTO — Grita? Tem essa coragem? Pois, então, grita. Quero ver e duvido.
LÍDIA *(baixo)* — Grito.
UMBERTO — Grita e está falando baixo. Fale alto!
LÍDIA — Falo sim!
UMBERTO — E o grito?
LÍDIA *(baixo e espantada)* — O grito!

UMBERTO — Isso é para você não andar me provocando!

LÍDIA — Eu provoquei você? Está completamente doido!

UMBERTO — Doido! Diz isso agora, mas antes...

LÍDIA *(revoltada)* — Algum dia já lhe dei confiança?

UMBERTO *(como num sonho)* — Já me beijou.

LÍDIA *(aterrada)* — Quem?

UMBERTO — Você.

LÍDIA — Quando?

UMBERTO — Naquele dia. Beijou... Ou vai dizer que não se lembra?

LÍDIA *(num grito)* — Cínico!

UMBERTO — Juro!

LÍDIA — Olhe bem para mim!

UMBERTO *(na sua euforia)* — Até posso contar como foi. Quer que eu conte?

LÍDIA — Mentira!

UMBERTO — Entrei...

LÍDIA — Nunca entrou no meu quarto!

UMBERTO — Você me chamou... Quero que Deus me cegue se é mentira...

LÍDIA — Seu mentiroso! Vai ser expulso daqui a pontapés!

UMBERTO — Desde que eu cheguei, nesta casa, que pensava no seu quarto, na sua cama, no seu sabonete. *(outro tom)* E eu sair daqui a pontapés. *(ri)* E quem vai-me dar pontapés?

LÍDIA — Meu marido vem já aí!

UMBERTO — Seu marido? Enfim, talvez ele não possa dar... pontapé...

LÍDIA — Deixa ou não deixa eu passar?

UMBERTO — Só se você disser que eu entrei no seu quarto... É verdade ou não é? Entrei ou não entrei — a seu convite?

LÍDIA — Não! Sabe que não! Sabe que está mentindo!

UMBERTO *(grave e lírico)* — Então, tudo o que eu disse é mentira? Quer dizer que eu não a beijei, nunca? *(baixo, com o rosto bem próximo)* Talvez seja a imaginação... Eu misturo muito, misturo sempre, e não sei nunca quando estou apenas sonhando... Então foi sonho!

LÍDIA — Você sabia que era mentira!

UMBERTO *(exaltado)* — Sabia? Eu sabia? Também pode ser. Eu gosto de mentir, sabendo que estou mentindo. Imagine que eu ia dizer que naquele dia, aliás um dia que nunca existiu... Pois bem. Naquele dia você estava de quimono rosa. Com dragões bordados.

LÍDIA — Você está doido.
UMBERTO — Doido? Só por causa do quimono? Ou, então, dos dragões? Só por isso?
LÍDIA — Você será preso!
UMBERTO — Sabe o sonho que tive ontem?
LÍDIA — Eu quero passar!
UMBERTO — Primeiro, ouça. Sonhei que você estava batendo, no seu marido, com um cinto. Um cinto de fivela. Primeiro, dava aqui nos rins, com toda a força. Depois, cismou de bater nos olhos. Com a fivela. Nos olhos do seu marido.
LÍDIA *(parece fascinada)* — Só isso?
UMBERTO — Não tive nunca um sonho que me impressionasse tanto. Você estava hedionda! E, depois, os olhos do seu marido sangraram!
LÍDIA *(dolorosa)* — Esse sonho também é mentira!

UMBERTO — Se gritar, pior para você. Direi a todo mundo que você me chamava para o seu quarto. E que eu roubei o sabonete que você usou no banho. E que cheirei a toalha que enxugou seu corpo. Direi que nós...
LÍDIA — Duvido.
UMBERTO — Então, grite. Imediatamente. Já.

(Umberto avança. Lídia contorna a cadeira de d. Aninha.)

LÍDIA — Fique onde está!
UMBERTO *(aproximando-se)* — Não se mexa. Assim, quieta.
LÍDIA *(num lamento)* — Não quero.
UMBERTO — Quer, sim. Quer agora mais do que nunca. *(grave e triste)* Agora que sabe quem sou eu.

(Estão quase boca com boca.)

LÍDIA — Você é um assassino.
UMBERTO *(com sofrimento)* — Assassino? Acha que eu sou um assassino?
LÍDIA — Sim.

(Os dois continuam quase boca com boca.)

LÍDIA — Às vezes, eu penso que se você me encontrasse sozinha, num lugar deserto, eu talvez não tivesse tempo de gritar. E você...
UMBERTO — Matar você, sem motivo?
LÍDIA — Com motivo ou sem motivo, não sei. Por amor, por ciúmes — para que eu não fosse mais de ninguém.
UMBERTO *(baixo)* — Gosta de mim?
LÍDIA *(baixo e maravilhada)* — Não sei, não sei!
UMBERTO — Agora um beijo, sem resistir.

(Ouve-se um barulho.)

LÍDIA — Vem gente aí!

(Afastam-se. Atitude de uma naturalidade forçada. Entra Inézia.)

INÉZIA — Posso tirar o jantar, d. Lídia?
LÍDIA — Já não. Daqui a pouco. *(para Umberto)* Então o que é que tem o carro?
UMBERTO — Um defeito no carburador. Preciso ir, já, para a oficina.

INÉZIA — Mas já pode ir preparando, não é, d. Lídia?

LÍDIA — Eu aviso, criatura! *(para Umberto)* Que amolação! Eu precisava do carro! E demora muito o conserto?

UMBERTO — Depende.

(Sai Inézia.)

UMBERTO — Ela percebeu tudo!

LÍDIA — Quem?

UMBERTO — Inézia! E aposto que vai dizer ao dr. Olegário! *(ri)* Mas não há perigo. Ele pensa que eu — sabe como é? *(grave, de novo, e insultante)* Por que você não aproveitou agora? Diga? Cínica! *(aperta entre as mãos o rosto de Lídia)* Como é bom te chamar de cínica! *(baixa a voz. Acariciante, trincando as palavras)* Deixa eu te dizer um nome feio, baixinho, no ouvido? Um insulto?

LÍDIA *(com volúpia)* — Não!

UMBERTO — É uma palavra só. Escuta... *(diz a palavra inefável. Lídia crispa-se)*

UMBERTO — Gostou, não gostou?
LÍDIA *(com volúpia e dor)* — Não repita...
UMBERTO — Me ama?
LÍDIA — Tenho medo! Não sei, tenho medo!

(Umberto toma Lídia nos braços. Ela não resiste. A sua cabeça pende.)

UMBERTO *(baixo)* — É toda minha?
LÍDIA *(com angústia)* — Oh, não... não posso! Não contarei a meu marido, mas não posso. Já me beijou... não faça mais nada!
UMBERTO *(baixo e acariciante)* — O que fiz ainda não foi nada. Quase nada. Foi muito pouco. Quero tudo.
LÍDIA *(assustada)* — Tudo o quê? *(outro tom, tapando com a mão a boca de Umberto)* Já sei. Não precisa dizer! E meu marido?
UMBERTO — Que importa? Ele nunca desconfiaria de mim... Nunca... Eu te direi aquela palavra, no teu ouvido...
LÍDIA *(fascinada)* — Sei.

UMBERTO — Quando gosto de uma mulher, preciso insultá-la... Sempre com a mesma palavra... Todas gostam... E não me chame nunca de louco...

(Barulho na porta.)

LÍDIA — Meu marido!

(Entra Olegário. Experimenta cordial surpresa, ante a presença de Umberto.)

OLEGÁRIO — Você, Umberto?
UMBERTO — Dr. Olegário.
LÍDIA *(com relativa perturbação)* — Umberto veio-me pedir para ter folga amanhã.
OLEGÁRIO — Você está ficando um farrista tremendo, hem, Umberto?
UMBERTO — O negócio é o seguinte: tenho uma pessoa da família doente. E queria ver se era possível.
OLEGÁRIO *(rindo)* — Conversa fiada. Na sua idade, com a sua saúde, não escapa nem rato. É ou não é?
UMBERTO — Também não é assim.
OLEGÁRIO — Pode ir, Umberto. Aproveita, rapaz.

UMBERTO — Obrigado e boa noite. Boa noite, d. Lídia.

(Sai Umberto.)

LÍDIA — Achei uma coisa tão desagradável, meu filho, você falar assim com Umberto, na minha presença... Você usou, francamente, um tom de deboche... Afinal...
OLEGÁRIO — E que mais?
LÍDIA — Só.
OLEGÁRIO *(ri, sordidamente)* — Umberto até que é uma figura. Bons dentes, gengivas sadias. Lídia!
LÍDIA *(triste)* — Eu.
OLEGÁRIO — Se eu pedisse um beijo, você daria?
LÍDIA — Um beijo?
OLEGÁRIO *(sôfrego)* — Daria?
LÍDIA — Criança! *(outro tom)* Daria, sim! Natural!
OLEGÁRIO *(anelante)* — Mas na boca?
LÍDIA *(brevíssima hesitação)* — Na boca, sim. *(frívola)* Por que não?
OLEGÁRIO — Ora, por quê! Porque sim! E por que não seria na boca?

LÍDIA — Por nada. Achei interessante.
OLEGÁRIO *(sardônico)* — Realmente. Muito interessante.
LÍDIA *(com irritação)* — Ora, Olegário!
OLEGÁRIO *(veemente)* — Extraordinário um marido querer ser beijado na boca?
LÍDIA — Meu filho!
OLEGÁRIO — Mas se você não quer, paciência, não é obrigada. Não estou pedindo pelo amor de Deus, não senhora! *(outro tom)* Você sabe há quanto tempo não me beija?
LÍDIA *(com ironia)* — Você tomou nota?
OLEGÁRIO — Sim! Tomei! E sei, muito bem, o que isso significa!
LÍDIA — E o beijo, quer?
OLEGÁRIO *(sôfrego)* — Quero, meu amor!

(Lídia inclina-se e beija-o rapidamente na boca.)

OLEGÁRIO *(exasperado)* — É isso? É esse o beijo que você tem para mim?
LÍDIA *(nervosa)* — Você quer que eu faça o quê?

OLEGÁRIO — Incrível! E ainda pergunta: "Quer que eu faça o quê?"
LÍDIA — Eu não entendo você, Olegário!
OLEGÁRIO — Entende, sim. Finge que não entende. *(novo tom, com angústia)* Vem cá.

(Lídia curva-se. Olegário enlaça-a.)

OLEGÁRIO *(anelante)* — Beijo é isso...

(Olegário força a mulher a um beijo longo demais. Lídia se desprende com violência.)

OLEGÁRIO *(chocado)* — Você me empurra?
LÍDIA *(desesperada)* — Você me fez perder a respiração. E ainda me machucou! *(passa os dedos de leve pelos lábios)*
OLEGÁRIO — Machuquei! Fiz você perder a respiração! *(exasperado)* Eu sei desde quando você começou a perder a respiração com os meus beijos! *(rápido e incisivo)* Foi quando eu fiquei assim!
LÍDIA *(com ar de mártir)* — Que inferno!

OLEGÁRIO *(irritado)* — Responda — não é o que eu disse?

LÍDIA — Não!

OLEGÁRIO — É sim, é! Explique, ao menos, uma coisa. Por que você não me beija como antigamente?

LÍDIA *(nervosa)* — Mas como? "Antigamente" como?

OLEGÁRIO — Não se faça de inocente!

LÍDIA *(contendo-se)* — Você não me pediu um beijo? E eu não dei?

OLEGÁRIO — Deu, deu. Mas eu queria um beijo — você sabe como. *(amargurado)* Mas beijar um homem como eu deve ser, quase, uma infâmia. *(começa a rir, abjetamente)* E, ainda por cima, eu sou marido, compreende? E o casamento é assim: nos primeiros dez dias, marido e mulher são dois cações esfomeados... E depois! *(começa a rir, outra vez)* Depois, evapora-se a volúpia... São tranquilos como dois irmãos... De forma que o desejo da esposa pelo marido parece incestuoso... *(grave, num desafio)* Por que você não diz, de uma vez, o que sente?

LÍDIA *(chorando)* — E por que você não me trata melhor? *(com veemência)* Eu queria que você, ao menos, tivesse pena de mim!

OLEGÁRIO *(espantado)* — Pena?

LÍDIA *(dolorosa)* — Sim. Pena!

OLEGÁRIO *(bate no próprio peito)* — Você tem? De mim? Pena, hem? Pois tenha, porque eu estou liquidado. Completamente liquidado.

LÍDIA — Não fale assim! Me põe nervosa!

OLEGÁRIO *(sardônico)* — Quer dizer que você ainda tem ilusões?

LÍDIA — Tenho fé em Deus!

OLEGÁRIO *(sardônico)* — Ah, minha filha, tire isso da cabeça! Já, imediatamente! E se não fazia nada, se estava à espera de minha cura, então...

LÍDIA — Então, o quê?

OLEGÁRIO *(sardônico)* — Não compreendeu?

LÍDIA — Fale claro!

OLEGÁRIO — Você quer me convencer que vai-se resignar a ser eternamente a esposa de um paralítico? Sem procurar um substituto?

LÍDIA *(atônita)* — Compreendi agora! *(com desesperada ironia)* Você acha que um substituto é indispensável?

OLEGÁRIO *(sombrio)* — Adianta que eu ache ou deixe de achar?

LÍDIA *(com exasperação)* — Você devia ter era mais dignidade!

OLEGÁRIO *(veemente)* — O que eu não sou é idiota!

LÍDIA — É essa a sua — distração? Ficar pensando no dia em que será — "substituído"?

OLEGÁRIO *(ri, ignobilmente)* — Quem sabe se eu já não fui "substituído"? *(incisivo)* Por que é que você tirou a cinta hoje?

LÍDIA — Quis tirar, ora! Tem alguma coisa de mais?

OLEGÁRIO *(exasperado)* — Tem, sim senhora! Porque assim você vai acabar andando de vestido sem combinação! *(tem uma explosão)* Não acredito em mulher que anda de vestido sem combinação, mesmo em casa! E não quero, ouviu? Não quero!

LÍDIA — Eu acho que você não quer é que eu seja fiel!

OLEGÁRIO — Ah, não?

LÍDIA — Pelo menos, está fazendo tudo para que eu seja — infiel. Não está? Quem meteu na minha cabeça a ideia do pecado? É a sua ideia fixa!

OLEGÁRIO *(em desespero)* — Claro! A única coisa que me interessa é ser ou não ser traído!

LÍDIA — Você se lembra do que me disse uma vez. Aquela eu não me esqueço. Lembra-se? Que se eu visse um rapaz, em Copacabana, forte, moreno, com um calção de banho...

OLEGÁRIO *(triunfante)* — Calção de banho, eu não disse! Você é que acrescentou agora o detalhe, completou a figura. *(com desesperada ironia)* Em todo caso, o calção é uma homenagem — significa a folha de parreira

	masculina. *(com violência)* Viu? A sua imaginação?
LÍDIA	— Você me obriga a só pensar em homens, até em meninos de 14, 15 anos!
OLEGÁRIO	*(com feroz sarcasmo)* — E o colégio interno?
LÍDIA	*(atônita)* — Colégio?
OLEGÁRIO	*(com o riso hediondo)* — Você não disse que havia lá uma menina que gostava muito de você? Que escrevia bilhetinhos? Que não comia quando vocês brigavam? *(subitamente, grave)* Aquilo era o quê? *(num grito)* Amizade, talvez!
LÍDIA	*(revoltada)* — Você tem coragem?
OLEGÁRIO	— Tenho coragem, sim! *(muda de tom e com tristeza mortal)* Não acredito em você. Por que você será sempre fiel? Fiel por seis meses, um ano, dois, pode ser. Mas sempre! *(aperta entre as mãos o rosto e interroga-a, quase boca com boca)* Não é um inferno esta fidelidade sem fim? *(baixa a voz)* A mulher de um

	paralítico tem todos os direitos, inclusive o direito, quase a obrigação de ser — infiel.
LÍDIA	*(patética)* — Você me diz essas coisas. Eu já não me espanto. Nada me assombra. *(espantada)* Às vezes, tenho a impressão que somos dois loucos.
OLEGÁRIO	*(exultante)* — Você, hoje, caiu!
LÍDIA	*(assombrada)* — Eu?
OLEGÁRIO	— Disse quase tudo que eu queria saber!
LÍDIA	— Está sonhando!
OLEGÁRIO	— Pela primeira vez você falou com — impudor! *(rápido, agarrando-a, olhando o rosto da mulher)* Como é obsceno um rosto! *(um riso soluçante)* Por que permitem o rosto nu?

(Lídia desprende-se. Passa a mão no próprio rosto. Recua.)

LÍDIA	— Meu Deus!
OLEGÁRIO	*(a meia-voz)* — Você, aos dez anos, tinha um corpo lindo, lindo, vestidinho assim *(faz mímica)* muito acima do joelho. Parece que estou vendo.

(Entra a menina e se coloca ao lado de Lídia.)

<small>LÍDIA</small> — Vou lá dentro.

(Sai Lídia. Sobe a escada. Olegário empurra a cadeira na direção da escada.)

<small>OLEGÁRIO</small> *(desesperado)* — Lídia, eu queria ter certeza! Lídia!

(Lídia não atende. Aparece d. Márcia.)

<small>D. MÁRCIA</small> *(melíflua)* — A respeito daquele caso, Olegário.
<small>OLEGÁRIO</small> *(atônito)* — Que caso?
<small>D. MÁRCIA</small> — Do Umberto. Estive pensando... E sabe de uma coisa?
<small>OLEGÁRIO</small> — Não interrompendo, dona Márcia! Lídia não me vai mais a médico nenhum. Tem que arranjar médica, mulher. Eu não quero homem!
<small>D. MÁRCIA</small> — O dr. Borborema é tão velho, Olegário!
<small>OLEGÁRIO</small> *(contido)* — Não interessa!
<small>D. MÁRCIA</small> *(melíflua)* — Mas assim, Olegário, você até ofende!
<small>OLEGÁRIO</small> — Ofendo. E que mais?

D. MÁRCIA	— O que é que o médico pode fazer, a mulher não querendo?
OLEGÁRIO	— O quê? Ver! O médico pode ver, apenas! Acha pouco? *(excitadíssimo)* A senhora está aqui para quê, dona Márcia? Para discutir comigo?
D. MÁRCIA	— Dei minha opinião, Olegário.
OLEGÁRIO	— Dispenso os seus pontos de vista. Lídia só irá à médica, mulher, pronto, acabou-se! A senhora está avisada!
D. MÁRCIA	— Eu sei, Olegário.
OLEGÁRIO	*(explodindo)* — E pare com esse negócio de me chamar Olegário. Antigamente, a senhora só me chamava de "dr. Olegário". Agora, não. Agora é Olegário.
D. MÁRCIA	— Mas escuta aqui!
OLEGÁRIO	— É isso mesmo!
D. MÁRCIA	— Que negócio é esse? Você pensa que faz de mim gato e sapato? Onde é que nós estamos?
OLEGÁRIO	— Na minha casa, mando eu! Sua lavadeira!
D. MÁRCIA	— Você é que é um cretino muito grande!

OLEGÁRIO	— Rua!
D. MÁRCIA	— Mas primeiro vai ouvir. Minha filha é porque é uma boba. Senão, já tinha dado o fora. Palhação!
OLEGÁRIO	— Umberto fica, sua lavadeira! Você é quem está despedida!
D. MÁRCIA	— Lavadeira é a mãe!
OLEGÁRIO	— Não me ponha os pés aqui, nunca!

(Sai atrás de d. Márcia. Pausa. Entra Lídia. Traz o prato de comida de d. Aninha.)

LÍDIA	— Vamos! Vamos! Tenho mais que fazer! *(a idiota rejeita a comida)* Quer ou não quer? Largo tudo e vou-me embora! Anda, sua velha. *(trincando as palavras, cara a cara)* É a mãe, é o filho! *(grita)* Velha maluca! *(circula em torno da cadeira, depois de pousar o prato em cima do móvel) (baixo e feroz)* Quem devia estar aqui era teu filho... meu marido... Enrolando esse paninho... Estou que não posso ouvir nada no meio da

rua... Nem ver um nome feio desenhado no muro... *(recua, num grito, apertando a cabeça entre as mãos)* Foi ele! Foi teu filho que me pôs neste estado! *(rápida, numa alegria selvagem, aproximando-se da velha)* Umberto me beijou! A mim! Tua nora! E me disse um nome, uma palavra que me arrepiou... *(estende as mãos)* E ainda me arrepia! *(crispa-se. Passa a mão no próprio busto)* Maluca! Vou--te deixar morrer de fome e de sede! *(de novo, aperta a cabeça entre as mãos)* Meu marido mete na minha cabeça tudo o que não presta! O dia inteiro em cima de mim: "Olha a cinta...", "Você não pode andar sem cinta...". E até já perguntou se eu, em criança... *(violenta)* Mas não passa um dia que eu não deseje a morte de teu filho! *(sonhando)* Olegário morto... Sem sapatos e com meias pretas, morto... De *smoking* e morto! *(em desespero, como que justificando-se)* Não sou eu a única mulher que já desejou a morte do marido. *(ri, com sofrimento)* Tantas desejam, mesmo as que são felizes... *(baixa a voz, com espanto)* Há momentos em que qualquer uma sonha com a morte do marido... *(baixo, outra vez)* Escuta aqui, sua cretina! Quando leio no jornal a palavra "seviciada" — eu fecho os olhos... *(com volúpia)* Queria que me seviciassem num lugar deserto... Muitos... *(grita, num remorso atroz)* Não, é mentira... *(noutro tom)* Umberto me chamou de cínica e eu... Eu gostei... *(baixo e aterrorizada)* Quem sabe se eu não sou? Não! Não! Minhas palavras estão loucas, minhas palavras enlouqueceram! *(recua, aterrorizada, e estaca. Súbito, corre para a louca; cai de joelhos, soluça, abraçada às pernas da doida)* Perdão! Perdão! *(súbito, ergue-se. Corre, soluçando)*

(Entra Olegário com Umberto.)

OLEGÁRIO — Mas por quê? Não está satisfeito aqui?

UMBERTO — Estou muito. O senhor e d. Lídia sempre foram bons comigo.

OLEGÁRIO — E então?

UMBERTO — Tenho que ir de vez, dr. Olegário. Minha mãe está passando mal.

OLEGÁRIO — Ora veja!

UMBERTO — Pois é. Caiu da escada. É cega. Foi descer e rolou lá de cima. Caso seríssimo. Fraturou a bacia. E na idade de minha mãe é o diabo. Fez setenta anos.

OLEGÁRIO — Você pode ir, e, depois, voltar.

UMBERTO — Impossível, dr. Olegário. Porque tem mais uma coisa... *(baixa a voz)* Minha irmã, a caçula, deu um mau passo. O fato é que o velho diz que mata, porque mata. E ele me respeita muito e...

OLEGÁRIO — Mas você mesmo não me disse, uma vez, que sua mãe tinha morrido?

UMBERTO — Eu não, dr. Olegário! Pois se ela caiu outro dia da escada, não lhe parece?

OLEGÁRIO — Sei, sei. *(com irritação)* Alguma coisa me diz que tudo isso é mentira. A irmã que deu o mau passo, a queda da escada... Tudo!

UMBERTO *(cínico)* — De forma que eu queria ir hoje mesmo...

OLEGÁRIO *(exaltado)* — E o coxo da Colombo? Hem? Outra invenção sua!

UMBERTO — Nunca mais o vi! Então, dr. Olegário, muito obrigado. Desculpe qualquer coisa.

OLEGÁRIO — Olha. Aquela história de espiar o que d. Lídia fazia — aquilo que eu mandei — foi brincadeira. Mas já sabe. Não conte nada a ninguém. Nunca.

UMBERTO — Claro. De mim, ninguém saberá nada. Deus me livre. E agora vou falar com d. Lídia. Adeus... Eu tinha outra coisa para dizer ao senhor.

OLEGÁRIO — Fala!

UMBERTO — Aquele relógio — que desapareceu. O senhor até deu queixa à polícia. Não foi?

OLEGÁRIO — O que é que tem?

UMBERTO — Fui eu que roubei.
OLEGÁRIO — Que negócio é esse?
UMBERTO — Fui eu, sim, dr. Olegário. Fui eu e botei no prego para comprar um terno.
OLEGÁRIO — E por que vem-me dizer isso agora? Para quê?
UMBERTO *(vira-se. Cínico)* — Quem sabe? Bem... mas vou falar com d. Lídia... *(ri)* Posso, não posso? Sou o único homem no mundo que... Não é mesmo, dr. Olegário?

(Riem os dois sordidamente.)

UMBERTO — Poderia espiar o banho de qualquer mulher...

(Sério Umberto. Ri Olegário. Olegário corta o riso.)

OLEGÁRIO — Vá para o diabo que o carregue!

(Sai Umberto. Prostração de Olegário. Aparece Maurício ressentido.)

MAURÍCIO — Que foi que você fez com mamãe, que ela está chorando?

OLEGÁRIO *(melífluo)* — Nada. Não fiz nada com sua mãe. Não a chamei de lavadeira, nem disse que ela vendeu a filha. Aliás, sou a favor das mães mercenárias que até tratam muito bem as filhas, engordam, põem num colégio etc. e tal. Um alto negócio, certas mães!
MAURÍCIO — Isso é uma indignidade!
OLEGÁRIO — Sua mãe que não se faça de tola comigo. É ela quem anda dando maus conselhos à Lídia... Desencaminhando minha mulher...
MAURÍCIO — Cale essa boca, senão...
OLEGÁRIO — Você faz o quê?
MAURÍCIO — Se você não fosse um paralítico!

(Maurício vira as costas para Olegário. Caminha para a escada.)

OLEGÁRIO *(gritando)* — Olha!
MAURÍCIO *(vira-se assombrado)* — Olegário!
OLEGÁRIO — Não sou paralítico, nunca fui paralítico!

(Segura Maurício e subjuga-o.)

MAURÍCIO — Não pode ser!
OLEGÁRIO — Agora me mate, me estrangule, ande!
MAURÍCIO *(aterrado)* — Nunca foi paralítico... Então esses sete meses na cadeira...
OLEGÁRIO — Farsa, simulação... Um médico, bêbedo, irresponsável, que me devia dinheiro, disse a todo mundo — inclusive à minha mulher — que eu era um caso perdido... Que não ficaria bom nunca... Compreendeu?
MAURÍCIO — Mas por quê? Para quê?
OLEGÁRIO — Foi uma experiência... Uma experiência que eu fiz com Lídia... Precisava saber, ter uma certeza absoluta, mortal... Agora sei, agora tenho a certeza... Há, no mundo, uma mulher fiel... É a minha... E perdão, Maurício... Chama a tua mãe... Ela que me perdoe também... Vou-me ajoelhar diante de Lídia... *(exaltado)* Milhões de homens são traídos... Poucos maridos

podem dizer: "Minha mulher..." Eu posso dizer — minha! *(riso soluçante)* Minha mulher *(corta o riso, senta-se na cadeira) (grita)* Lídia! Lídia!

(Entra Inézia. Apanha a manta e cobre as pernas de Olegário.)

INÉZIA — Doutor.
OLEGÁRIO — Chame minha mulher. Minha!
INÉZIA — Saiu, dr. Olegário. D. Lídia saiu e mandou entregar isso aqui — esta carta — ao senhor.

(Sai Inézia. Olegário abre a carta. Começa a ler.)

VOZ DE LÍDIA *(microfone)* — Olegário! Parto com Umberto. Nunca mais voltarei. Não quero seu perdão. Adeus. Lídia. Nunca mais voltarei. Nunca mais...

(Olegário continua de olhos fixos na carta.)

MAURÍCIO — Que foi?
OLEGÁRIO — Nada. Coisa sem importância.

VOZ DE LÍDIA	*(microfone)* — Parto com Umberto. Não quero seu perdão. Adeus. Lídia.
OLEGÁRIO	— Olha, Maurício. Você vai-me dar licença. Estou um pouco cansado.

(Maurício sai, olhando espantado para Olegário. Só, Olegário vai à gaveta da secretária. Apanha um revólver. Abre o tambor, olha-o, fecha-o.)

VOZ DE LÍDIA	*(microfone, em crescendo)* — Parto com Umberto. Lídia. Não quero seu perdão. Parto com Umberto.

(Olegário aproxima-se de d. Aninha. Esta continua, na sua atitude, enrolando o eterno paninho. Olegário encosta o revólver na fronte.)

VOZ DE LÍDIA	*(microfone)* — Adeus. Não quero seu perdão. Lídia. Parto com Umberto. Umberto. Umberto. Umberto.

FIM DO TERCEIRO E ÚLTIMO ATO

POSFÁCIO

A ARTE DE SER FIEL AOS EXTREMOS E ÀS CONTRADIÇÕES*

*Eric Nepomuceno***

Em 1940, ninguém dizia que Nelson Rodrigues era um gênio. Ele mesmo se considerava inteligente, mas acrescentava: "Tirando quatro ou cinco iniciados, ninguém mais sabe disso." Vivia a rotina de um escrevinhador buscavidas, ganhando quinhentos mil réis por mês do jornal O Globo e outros trezentos mil da UNE — a União Nacional dos Estudantes.

Já era uma contradição extrema e ambulante oscilando entre esses dois empregos, mas sua verdadeira preocupação era a corda bamba em que vivia: a cada mês o salário acabava, e sobravam apenas contas a pagar.

Foi então, aos 28 anos, que resolveu escrever para teatro por um motivo muito mais urgente do que nobre: dinheiro.

Naquela época, ninguém recebia direitos autorais. O governo, através do Serviço Nacional de Teatro, assegurava aos auto-

---

* Este texto foi publicado originalmente no programa da montagem de *A mulher sem pecado* realizada em 2000, dirigida por Luiz Arthur Nunes.

** Eric Nepomuceno é escritor, jornalista e tradutor premiado.

res dinheiro certo: o pagamento equivalente ao preço integral de 18 ingressos por sessão. Como havia sessões todos os dias, e às vezes duas por noite — sobretudo nas sextas e sábados —, conseguir que o governo montasse uma peça era a saída mais simples, rápida e segura para que Nelson Rodrigues conseguisse escapar do eterno sufoco.

As peças escolhidas pelo Serviço Nacional de Teatro ficavam apenas duas semanas em cartaz. Só quem pretendia continuar escrevendo se preocupava com a bilheteria. Atrair muito público era assegurar a chance da montagem de uma próxima peça. Coisa de quem queria fazer carreira. A preocupação de Nelson Rodrigues era outra: conseguir um padrinho que encaminhasse seu texto ao SNT, e 15 dias depois da estreia passar no caixa e recolher o dinheiro.

Para ele só faltava, então, um detalhe: escrever. Sua ideia inicial era conseguir repetir, uma única vez, os passos de Magalhães Júnior, um autor da época e que ganhava rios de dinheiro criando um vaudeville atrás do outro. "Pensei: se ele está ganhando uma nota firme, por que não posso escrever alguma coisa no gênero?", recordaria Nelson Rodrigues anos mais tarde.

Poderia escrever uma daquelas comédias de costumes, de texto leve e fácil. Mas o resultado foi um texto que não tinha nada de leve, nada de frívolo, nada de cômico. "Já na segunda página, percebi que o que saía era uma coisa tenebrosa", contou ele tempos depois.

Não chegou a ganhar a tal nota firme, a peça não fez sucesso, a crítica foi apenas condescendente (menos o crítico de O Globo, seu colega de redação, que baixou o malho e acabou sendo demitido). Só mesmo alguns dos tais quatro ou cinco iniciados souberam ver que, a partir daquele texto, uma coisa muito séria começava a acontecer no marasmo que era o teatro brasileiro.

O texto se chamava A mulher sem pecado. E eis aqui outra das clássicas contradições de Nelson Rodrigues: apesar de não ter sido um sucesso, a partir daquela estreia, no dia 9 de dezembro de 1942, aconteceram duas mudanças radicais e definitivas: nem a vida do autor, nem o teatro brasileiro seriam do jeito que tinham sido até aquele instante.

Voltando de bonde para casa após a estreia, naquela mesma noite Nelson Rodrigues decidiu escrever uma segunda peça — Vestido de noiva. O que veio depois é a própria história do teatro brasileiro.

É importante registrar, porém, que todas — absolutamente todas — as características, as claras digitais do mundo único e universal de Nelson Rodrigues, já estavam em A mulher sem pecado.

O tema? A desconfiança, o ciúme, a obsessão. Nada que não tivesse sido tratado uma e mil vezes antes.

A trama? Linear, um tanto esquemática, traçada de maneira formal, sem grandes sobressaltos aparentes, seguindo a estrutura de um bom folhetim. Não é um argumento especialmente inventivo ou inovador.

Então, qual a chave, qual a diferença fundamental que faz com que esta obra seja considerada o marco inicial da moderna dramaturgia brasileira?

A chave, a diferença, têm nome e sobrenome: Nelson Rodrigues. A atmosfera que ele cria e que envolve o espectador, a minúcia com que remexe as profundezas do ser humano, sua inacreditável capacidade de mergulhar no inferno sem perder em nenhum momento um diabólico ar angelical: as contradições, sempre. A ousadia, o atrevimento.

Mais e melhor que ninguém, ele foi capaz de embaralhar todos os sentimentos que compõem a alma humana, buscar nas miudezas o elemento crucial de um painel que nos mostra tal como somos, e deixar claro a que ponto podemos chegar. Dilui fronteiras que não se tocam, atropela os limites da obsessão e do absurdo, da mesquinharia e da generosidade, da piedade e do egoísmo, da esperança e da ruindade, do pudico e do solidário, numa mescla desaforada e sem norte — tudo isso numa linguagem clara, enxuta, num ritmo traiçoeiro que envolve os desprevenidos e os conduz a uma atmosfera sufocante, da qual ninguém consegue se livrar a tempo. Uma atmosfera que, oculta por uma aparência suburbana, é irremediavelmente universal.

Já neste seu primeiro — e definitivo — texto para teatro, Nelson Rodrigues deixa a sensação de que jamais conheceu qualquer medida. Tudo é desmesurado, desaforado, exagerado. Tudo é suavemente absurdo e docemente trágico. A fragilidade do real desconcerta. A falta de medidas só encontra paralelo na vida real, e essa ninguém consegue desmentir.

Montar A mulher sem pecado 58 anos depois daquela noite de 9 de dezembro de 1942 poderia significar um risco enorme. Mas esse risco desaparece na medida em que o texto mostra que já nasceu clássico.

Basta olhar ao redor para perceber que as misérias e miudezas da alma humana persistem, imbatíveis. "Eu tenho um inferno dentro de mim", diz Olegário. E quem não?

Mas Olegário vai mais longe, mergulha mais fundo, num torvelinho sem fim. Precisa disso. Olegário exaspera, humilha e espezinha seu grande amor até conseguir fazer com que sua maior desconfiança, seu maior terror, se realize: "Ninguém é fiel a ninguém."

Nada do que Nelson Rodrigues diz é verdade, nada é mentira. As mazelas da alma humana existiram desde sempre, e continuam a atormentar e a reproduzir fantasmas. Ele soube reconhecer e narrar isso tudo. E se desmentir sempre. Tinha, sim, um inferno na alma. Mas foi fiel, de uma fidelidade absoluta — a si mesmo, aos seus demônios. Aos demônios de todos nós. E por isso, sobrevive.

SOBRE O AUTOR

NELSON RODRIGUES E O TEATRO
*Flávio Aguiar**

Nelson Rodrigues nasceu em Recife, em 1912, e morreu no Rio de Janeiro, em 1980. Foi com a família para a então capital federal com sete anos de idade. Ainda adolescente começou a exercer o jornalismo, profissão de seu pai, vivendo em uma cidade que, metáfora do Brasil, crescia e se urbanizava rapidamente. O país deixava de ser predominantemente agrícola e se industrializava de modo vertiginoso em algumas regiões. Os padrões de comportamento mudavam numa velocidade até então desconhecida. O Brasil tornava-se o país do futebol, do jornalismo de massas, e precisava de um novo teatro para espelhá-lo,

---

* Professor de literatura brasileira da USP. Ganhou o Prêmio Jabuti em 1984, com sua tese de doutorado *A comédia brasileira no teatro de José de Alencar*, e, em 2000, com o romance *Anita*. Atualmente coordena um programa de teatro para escolas da periferia de São Paulo, junto à Secretaria Municipal de Cultura.

para além da comédia de costumes, dos dramalhões e do alegre teatro musicado que herdara do século XIX.

De certo modo, à parte algumas iniciativas isoladas, foi Nelson Rodrigues quem deu início a esse novo teatro. A representação de *Vestido de noiva*, em 1943, numa montagem dirigida por Ziembinski, diretor polonês refugiado da Segunda Guerra Mundial no Brasil, é considerada o marco zero do nosso modernismo teatral.

Depois da estreia dessa peça, acompanhada pelo autor com apreensão até o final do primeiro ato, seguiram-se outras 16, em trinta anos de produção contínua, até a última, *A serpente*, de 1978. Não poucas vezes teve problemas com a censura, pois suas peças eram consideradas ousadas demais para a época, tanto pela abordagem de temas polêmicos como pelo uso de uma linguagem expressionista que exacerbava imagens e situações extremas.

Além do teatro, Nelson Rodrigues destacou-se no jornalismo como cronista e comentarista esportivo; e também como romancista, escrevendo, sob o pseudônimo de Suzana Flag ou com o próprio nome, obras tidas como sensacionalistas, sendo as mais importantes *Meu destino é pecar*, de 1944, e *Asfalto selvagem*, de 1959.

A produção teatral mais importante de Nelson Rodrigues se situa entre *Vestido de noiva*, de 1943 — um ano após sua estreia, em 1942, com *A mulher sem pecado* —, e 1965, ano da estreia de *Toda nudez será castigada*.

Nesse período, o Brasil saiu da ditadura do Estado Novo, fez uma fugaz experiência democrática de 19 anos e entrou em outro regime autoritário, o da ditadura de 1964. Os Estados Unidos lutaram na Guerra da Coreia e depois entraram na Guerra do Vietnã. Houve uma revolução popular malsucedida na Bolívia, em 1952, e uma vitoriosa em Cuba, em 1959. Em 1954 o presidente Getúlio Vargas se suicidou e em 1958 o Brasil ganhou pela primeira vez a Copa do Mundo de futebol. Dois anos depois Brasília era inaugurada e substituía o eterno Rio de Janeiro de Nelson como capital federal. A bossa nova revolucionou a música brasileira, depois a Tropicália, já a partir de 1966.

Quer dizer: quando Nelson Rodrigues começou sua vida de intelectual e escritor, o Brasil era o país do futuro. Quando chegou ao apogeu de sua criatividade, o futuro chegava de modo vertiginoso, nem sempre do modo desejado. No ano de sua morte, 1980, o futuro era um problema, o que nós, das gerações posteriores, herdamos.

Em sua carreira conheceu de tudo: sucesso imediato, censura, indiferença da crítica, até mesmo vaias, como na estreia de *Perdoa-me por me traíres*, em 1957. A crítica fez aproximações do teatro de Nelson Rodrigues com o teatro norte-americano, sobretudo o de Eugene O'Neill, e com o teatro expressionista alemão, como o de Frank Wedekind. Mas o teatro de Nelson era sempre temperado pelo escracho, o deboche, a ironia, a invectiva e até mesmo o ataque pessoal, tão caracteristicamente nacionais. Nelson misturou tempos em mitos, como em *Senhora dos afogados*, onde se fundem citações de Shakespeare com o mito grego de Narciso e o nacional de Moema, nome de uma das personagens da peça e da índia que, apaixonada por Diogo de Albuquerque, o Caramuru, nada atrás de seu navio até se afogar, imortalizada no poema de Santa Rita Durão, "Caramuru".

Todas as peças de Nelson Rodrigues parecem emergir de um mesmo núcleo, onde se misturam os temas da virgindade, do ciúme, do incesto, do impulso à traição, do nascimento, da morte, da insegurança em tempo de transformação, da fraqueza e da canalhice humanas, tudo situado num clima sempre farsesco, porque a paisagem é a de um tempo desprovido de grandes paixões que não sejam a da posse e da ascensão social e em que a busca de todos é, de certa forma, a venalidade ou o preço de todos os sentimentos.

Nesse quadro vale ressaltar o papel primordial que Nelson atribui às mulheres e sua força, numa sociedade de tradição patriarcal e patrícia como a nossa. Pode-se dizer que em grande parte a "tragédia nacional" que Nelson Rodrigues desenha está contida no destino de suas mulheres, sempre à beira de uma grande transformação redentora, mas sempre retidas ou contidas em seu salto e condenadas a viver a impossibilidade.

Em seu teatro, Nelson Rodrigues temperou o exercício do realismo cru com o da fantasia desabrida, num resultado sempre provocante. Valorizou, ao mesmo tempo, o coloquial da linguagem e a liberdade da imaginação cênica. Enfrentou seus infernos particulares: tendo apoiado o regime de 1964, viu-se na contingência de depois lutar pela libertação de seu filho, feito prisioneiro político. A tudo enfrentou com a coragem e a resignação dos grandes criadores.

Em *A mulher sem pecado*, a bela e jovem Lídia (Luciana Braga) é seduzida pelo chofer Umberto (Rocco Pitanga). Direção de Luiz Arthur Nunes. Teatro Nelson Rodrigues, Rio de Janeiro, 2000. (Foto de Guga Melgar)

Direção editorial
Daniele Cajueiro

Editora responsável
Janaina Senna

Produção editorial
Adriana Torres
Laiane Flores
Mariana Lucena

Revisão
Daiane Cardoso
Perla Serafim

Projeto gráfico de miolo e capa
Sérgio Campante

Diagramação
Douglas Kenji Watanabe

Este livro foi impresso em 2022
para a Nova Fronteira.